地獄王

지옥왕

3

요도 김남재 신무협 장편소설

ORIENTAL FANTASYSTORY & ADVENTURE

dream
books
드림북스

지옥왕(地獄王) 3

초판 1쇄 인쇄 / 2012년 7월 5일
초판 1쇄 발행 / 2012년 7월 16일

지은이 / 김남재

발행인 / 오영배
편집팀장 / 권용범
책임편집 / 편집부
펴낸 곳 / (주)삼양출판사 · 드림북스

주소 / 서울특별시 강북구 송천동 322-10호
대표 전화 / 02-980-2112 팩스 / 02-983-0660
편집부 전화 / 02-980-2116 팩스 / 02-983-8201
블로그 / blog.naver.com/dreambookss

등록번호 / 제9-00046호
등록일자 / 1999년 3월 11일

ⓒ 김남재, 2012

값 8,000원

ISBN 978-89-542-4836-5 (04810) / 978-89-542-4833-4 (세트)

* 지은이와 협의하에 인지는 생략합니다.
* 잘못된 책은 구입한 곳에서 바꾸어 드립니다.

요도 김남재 신무협 장편소설
ORIENTAL FANTASYSTORY & ADVENTURE
3
地獄王
지옥왕
dream books
드림북스

地獄王

지옥왕

第一章
명객(冥客)

네가 있을 곳은 이곳이 아니다

　지옥의 불꽃이 넘실거렸다.

　그 불꽃은 흡사 세상 모든 것을 태울 것처럼 강렬한 빛을 쏟아 냈다. 날아드는 적월의 요력을 보며 공손하영은 황급히 뒤로 몸을 날렸다.

　요력을 피하는 것과 동시에 공손하영의 손이 허공을 맴돌았다.

　파라락!

　공손하영의 옷 속에서 기다란 연검 한 자루가 솟구쳐 올랐다.

　낭창낭창 휘는 연검의 특성답게 단숨에 검신이 휘어들며

적월의 목젖을 노리고 날아들었다. 무척이나 빠르고 매서운 공격. 적월은 황급히 요란도를 회수하며 연검의 끝을 쳐 냈다.

차앙!

연검은 밀려나는 반동을 이용해 이번에는 허벅지를 노리고 날아든다.

흡사 뱀처럼 휘어 대는 연검의 공격은 무척이나 까다로웠다.

적월은 그대로 허공으로 솟구쳤다.

하지만 바로 그 때였다.

파악!

고개를 들어 올린 공손하영의 얼굴에 감출 수 없는 미소가 걸려 있다.

'위험해!'

적월은 직감적으로 몸을 움츠렸다.

동시에 커다란 손바닥의 형상을 한 장력이 적월의 가슴으로 날아들었다.

퍼엉!

적월의 몸이 그대로 허공에서 바닥으로 나동그라졌다.

뼈마디가 박살이 나 버린 것만 같은 고통이 전신을 덮어 온다. 하지만 적월은 바로 자리에서 벌떡 일어났다. 고통은 컸지만 내상은 그리 깊지 않다.

"퉤."

적월은 피가 잔뜩 섞인 침을 내뱉으며 공손하영을 노려봤
다.

아주 찰나의 틈을 놓치지 않고 공격을 펼쳐 낸 공손하영
을 바라보던 적월이 갑자기 얼굴에 미소를 지어 보였다.

그 모습에 득의양양한 표정을 짓던 공손하영의 표정이 오
히려 일그러졌다.

갑자기 웃기 시작하는 적월의 행동이 이해가 가지 않았
다.

적월이 맞은 가슴팍을 어루만지며 말했다.

"시시하면 어쩌나 했는데…… 다시 살아난 보람이 있
군."

"그 여유가 언제까지 갈지 볼까요?"

여유 있는 적월의 말투에 슬쩍 표정을 굳힌 공손하영은
손목에 살짝 내공을 불어 넣었다. 바로 그 순간 연검이 다시
금 생명이 있는 뱀처럼 기묘하게 날아들었다.

적월의 시선이 연검의 끝을 좇았다.

연검은 검신이 휘는 병기다.

처음의 검로만을 보고 판단한다면 돌이킬 수 없는 치명상
을 입을 수 있다.

예상대로 연검의 방향이 적월의 지척에 닿았을 때 급격하게 변했다.

파라락.

연검의 끝이 사방으로 난동을 부렸다.

그렇지만 적월은 이미 연검의 그 검로를 완벽하게 파악한 상태였다. 요란도가 빙글 돌며 날아드는 연검의 정중앙을 찌르고 들어갔다.

목표한 지점은 다름 아닌 연검을 쥐고 있는 공손하영의 손이었다.

매섭게 다가서던 공손하영은 적월의 그 한 수에 놀라 황급히 검을 거뒀다. 하지만 그것이야말로 가장 어리석은 행동이었다.

싸움에서 뒤로 물러서는 것은 하책!

'지금이다!'

적월의 요란도가 미친 듯이 흔들렸다.

흡사 성난 파도와도 같이 거세게 요란도가 달려든다. 천처럼 나풀거리던 연검에 공손하영은 빠르게 내력을 주입했다.

이렇게 낭창거리는 상태로 적월의 요란도를 받아 낼 수가 없는 탓이다.

내력을 받아들인 연검이 꼿꼿이 일어섰다. 하지만 둘의

간격은 고작 지척이었고, 너무나 긴 연검은 오히려 방해만
될 뿐이었다.

쒜엑!

떨어져 내리는 요란도를 향해 연검으로 할 수 있는 것은
아무런 것도 없다.

공손하영이 이를 악물며 반대편 손을 휘둘렀다.

요란도와 손바닥이 충돌했다.

다급하게 휘두른 일장과 혼신의 힘을 담은 일격이 같을
리가 없었다. 공손하영의 몸이 튕겨 나가듯이 뒤로 날아가
버렸다.

콰앙!

공손하영의 몸이 건물에 틀어박혔다.

그 힘이 워낙 컸기에 건물이 무너지며 커다란 돌무더기들
이 공손하영을 뒤덮었다.

하지만 적월은 들고 있는 요란도에 주입한 힘을 풀지 않
았다.

보통 사람이라면 사지가 찢겨져 나가고 온몸이 터져 나갔
을 것이다. 그렇지만 상대는 무인, 그것도 명객이라 불리는
이질적인 존재들이다.

끝났을 리가 없다.

적월은 무너진 건물 더미를 향해 소리쳤다.

"어이, 이 정도로 끝날 건 아니잖아!"

으스스.

돌무더기 사이에서 공손하영이 천천히 일어났다. 커다란 돌과 함께 흙들이 사방으로 쏟아져 내린다.

그녀의 오른쪽 뺨에서 붉은 피가 뚝뚝 떨어져 내렸다.

고개를 치켜든 공손하영은 큰 부상은 없어 보였다.

하지만 그 눈에는 아까와는 비교도 할 수 없는 지독한 살기가 감돌았다.

자리에서 일어난 공손하영이 손을 뻗었다.

그러자 그녀의 몸 주변으로 으슬으슬한 기운이 천천히 풍겨져 나오기 시작했다.

그런 공손하영의 모습을 보며 적월이 뒤편을 향해 입을 열었다.

"당 대협, 사람들 데리고 도망치셔야 할 겁니다."

"그, 그게 무슨……."

"이제부터 휩쓸리면 죽습니다."

말을 마친 적월은 앞으로 성큼 다가갔다.

아직까지 이곳에 있는 당유민에게 적월은 도망치라고 말했다. 그것은 바로 이제부터 있을 싸움이 그만큼 어마어마할 거라는 걸 알기 때문이다.

풍겨 나오는 기운이 아까와는 완전히 다르다.

뒤편에 있던 사천당문의 당유민은 이내 적월의 말의 의미를 알아들었는지 황급히 도망을 치기 시작했다.

사라져 가는 사람들의 기척을 느끼며 적월이 공손하영을 향해 입을 열었다.

"이제 제대로 할 생각이 들었어?"

"……."

대답도 않고 공손하영은 자신의 얼굴을 손으로 어루만졌다. 그러고는 자신의 손에 묻은 진득한 피를 바라보며 천천히 입을 열었다.

"……편하게 죽을 생각은 버려요."

말을 마친 공손하영이 고개를 치켜든 바로 그때였다.

콰드득!

땅이 갈라지며 무형의 기운이 적월을 향해 날아들었다. 흡사 무엇인가가 땅에서 솟아오르는 것만 같은 형상이었다.

적월이 손에 든 도를 어깨 뒤까지 잡아당겼다.

동시에 전신이 뒤틀리며 뒤로 향했던 도가 앞으로 휘둘러졌다.

파앙!

무형의 기운과 적월의 요란도가 충돌했다.

동시에 그 주변에 있는 땅이 일그러졌다.

무시무시한 힘의 대결은 거기에서 끝나지 않았다. 적월의 몸 주변에서 붉은 기운이 서렸다.

그리고 그 붉은 기운이 이내 뜨거운 불꽃을 만들어 냈다.

화악!

불꽃이 공손하영을 덮쳐 간다.

그에 반응한 공손하영 또한 연검을 든 손을 빙글빙글 돌렸다.

쏟아져 나온 불꽃을 검기를 씌운 검신이 사방으로 갈라 버렸다.

하지만 그것은 그저 불꽃이 아니었다.

막아 내는 것만으로도 팔목이 욱신거릴 정도의 힘이 담겨져 있었다.

공손하영의 소매가 흔들렸다.

파앙!

적월의 코앞에서 커다란 폭발이 일어났다. 하지만 미리 무엇인가를 느꼈던 적월은 이미 고개를 옆으로 비튼 상태였다.

다행스럽게 공격을 피해 내긴 했지만 그 충격파로 인해 적월의 볼에 살짝 스친 듯한 상처가 생겨 버렸다.

내공의 흐름을 전혀 알아차리지 못했다.

하지만 갑작스럽게 일어난 폭발…….

아무것도 없는 허공으로 내공을 움직일 수 있는 경지라는 소리다. 이 정도의 상대를 만난 것이 살면서 몇 번이나 되겠는가.

문제는 이런 자들이 지금 중원에 수도 없이 많을 거라는 것이다.

명객이라는 존재. 전생에서는 이들에 대해 전혀 알지 못했다.

자신들만의 무림을 보며 개중에서 누가 최강이니, 그보다는 누가 강하다느니 떠들어 대기만 했다.

이런 암중에 숨어 있는 자들이 있다는 것을 전혀 알지 못한 채로.

흡사 우물 안 개구리 꼴이 아니던가.

억울할 뻔했다.

이런 자들이 있다는 것도 모르고 평생을 살았다면 얼마나 억울했겠는가. 그랬기에 적월은 이번 새로운 삶이 너무나 마음에 들었다.

그리고 그 모두를 자신 앞에 무릎 꿇리고 싶었다.

생각이 거기까지 미치자 적월의 몸에서는 자연스럽게 투기가 흘러넘치기 시작했다.

겉보기에는 이십 대로 보이지만 실제 공손하영의 나이는 백 살은 가뿐히 넘겼을 것이다.

적월보다 한 세대, 아니, 두어 세대 전을 살아가던 무인이었다는 소리다.

그만큼 내공도 깊고, 또 무공도 뛰어날 것이다.

적월의 요란도가 불타오르기 시작했다.

동시에 앞에 마주하고 있는 공손하영의 연검 주변에도 검강이 발현됐다.

그것도 하나의 검강이 아니다. 열두 개의 강기들이 검 주변을 어른거리며 그 무시무시한 위용을 잔뜩 뽐내고 있었다.

이토록 강기까지 발현할 수 있는 고수들의 싸움은 쉽사리 벌어지는 것이 아니다.

강기로 눈을 현혹시키기는 했지만 싸움은 다른 방식으로 이루어졌다.

공손하영은 반대편 손을 연신 휘둘렀다.

그리고 그것은 폭발로 이어졌다.

펑! 펑!

허공으로 날아드는 내력의 폭발. 한 번의 폭발이 일 때마다 땅이 흔들리는 느낌이다.

갑작스러운 공격으로 적월의 정신을 흩트린 공손하영이 날아들었다.

차라락.

찰나의 순간에 둘 사이의 거리가 좁혀졌다.

동시에 공손하영이 노려 왔던 비장의 한 수가 터져 나왔다.

"회령분쇄(回嶺粉碎)!"

열두 개의 진기가 사방으로 터져 나갔다.

그것은 날카로운 칼날이요, 또 그 무엇도 자를 수 있는 치명적인 강기이기도 했다.

강기의 소용돌이가 흡사 회오리처럼 사방으로 퍼져 나갔다.

콰아앙!

회오리에 휩쓸린 철련문의 건물들이 모조리 먼지가 되듯이 사라져 나간다. 그리고 더불어 땅은 폭발하듯이 터져 나가고, 그 모든 것들이 빨려 들어간다.

어마어마한 힘.

이것은 인간의 싸움이 아니다.

하지만 그러한 공손하영의 진기를 마주한 적월 또한 보통 인간이 아니었다.

열두 가닥의 진기가 향하는 끝자락에 서 있던 적월의 몸 주변에도 커다란 빛이 형성되기 시작했다. 날아드는 진기를 향해 적월의 몸에서도 폭발하듯이 강대한 힘이 밀려 나갔다.

천마신공(天魔神功) 삼초, 천마마라권강(天魔魔羅拳罡).

휘둘러지는 주먹의 무게는 가히 태산을 압도할 정도다.

몸 주변을 흐르는 기운이 주먹을 타고 쏘아져 나가 열두 개의 진기를 산산조각 박살 내 버렸다.

공손하영은 깜짝 놀랐다.

자신 있게 펼쳐 낸 회령분쇄의 초식이 너무나 쉽게 부서졌다.

그뿐만이 아니다.

아직도 사라지지 않은 권강이 자신을 노리고 날아들고 있다.

"이익!"

공손하영은 두 손을 앞으로 내뻗었다.

다급하게 막아 내기 위해 취한 행동이다. 하지만 절정의 반열에 오른 그녀답게 그 짧은 순간에 모인 내력만도 어마어마했다.

황급히 적월의 천마마라권강을 받아 내는 바로 그 때, 공손하영은 손가락부터 해서 어깨까지 모든 뼈가 박살이 나는 것만 같았다.

드드득!

뼈가 박살 나는 듯한 끔찍한 소리가 주변에 울려 퍼졌다.

공손하영의 입에서 참지 못하고 찢어지는 듯한 비명이 터져 나왔다.

"아악!"

고통에 찬 비명.

하지만 공손하영은 자신의 몸 상태를 살필 시간이 없었다. 바로 다가온 적월의 요란도가 목을 노리고 날아든다.

공손하영은 억지로 연검을 휘둘러 적월의 공격을 막아 냈다.

하지만 힘을 잃은 연검은 적월의 일격을 완벽하게 처리하지 못했다.

적월은 연검의 구석을 파고들었다.

파앗!

핏줄기가 솟구쳐 올랐다.

공손하영이 어깻죽지를 급히 감싸 안으며 뒤로 거리를 벌렸다.

상처가 난 어깨 부위를 힐끔 쳐다보자 뼈가 드러날 정도로 깊은 부상을 입었다.

그나마 뒤로 반보 물러섰기에 이 정도로 끝났지 만약 조금만 대처가 늦었다면 당장이라도 한쪽 팔이 떨어져 나갔을 게다.

뒤로 물러나 황급히 상처를 지혈하는 공손하영을 보며 적월은 공격을 이어 가지 않았다. 굳이 상대의 약점을 파고들 이유가 없는 탓이다.

몇 차례 실력을 겨루어 봤을 뿐이다.

하지만 알아 버렸다.

적월이 만면에 함박웃음을 머금었다. 너무나 환한 웃음, 하지만 이 같은 상황에 지어지는 그러한 미소는 오히려 너무 잔인해 보였다.

적월은 공손하영을 내려다보며 입을 열었다.

"너 내 상대가 아니구나."

"어, 어쩌다가 한 수 먹힌 걸 가지고 자신만만해하지 말아요! 이 정도쯤은 아무것도 아니니까!"

억지로 어깨를 점혈한 공손하영이 버럭 소리쳤다.

그렇지만 그러한 공손하영의 반응은 적월의 얼굴에 머무는 미소를 지울 수 없었다.

흡사 상처받은 동물이 마지막으로 발악이라도 하는 것 같다.

그런 상대에게 겁을 집어먹을 이유가 없다.

명객에도 등급이 있다.

개중에 일부는 지옥의 신들조차 함부로 하지 못할 정도의 힘을 지녔을지도 모른다고 했다. 하지만 공손하영은 아니었다.

이 정도라면 명객 중에 어느 정도일지는 모르겠지만 적어도 적월을 위협할 수준은 되지 못했다.

상대의 실력을 파악한 순간부터 적월은 공손하영에 대한

관심이 팍 하고 사라짐을 느꼈다.

오히려 그녀와 나눴던 대화에서 생긴 궁금증들이 치밀어 오른다.

공손하영이 말했었다.

염라대왕의 사자로 온 자신을 죽이면 무엇인가를 받게 된다고 말이다. 그때 공손하영이 했던 말은 많은 사실을 적월에게 전해 주었다.

명객들은 적월의 존재를 알고 있다.

그리고 그런 그들이 자신의 목에 무엇인가 대단한 것을 건 것이 분명했다.

"아까 내뱉은 말을 보아하니 누군가가 나라는 존재에 대해 알고 내 목에 뭔가를 건 모양인데…… 그게 뭐냐?"

"글쎄요."

억지로 웃음 지으며 공손하영이 대답했다.

어떻게든 상처를 치료할 시간을 벌기 위함이다. 그리고 적월 또한 그런 공손하영의 생각을 알면서도 더욱 많은 것을 알아내기 위해 그녀를 몰아붙이지 않았다.

적월이 되물었다.

"내 목에 금은보화라도 걸린 거야?"

"호호, 금은보화도 나쁘지 않죠. 하지만 그보다 훨씬 좋은 거랍니다. 비교도 할 수 없을 정도로."

"궁금하네. 내 목에 걸린 게 무엇인지."

말을 하면서 적월은 힐끔 공손하영을 바라봤다. 하지만 공손하영의 표정에서는 그것에 대해 더 발설할 낌새 같은 것은 느껴지지 않았다.

적월은 아쉽다는 듯 입맛을 다셨다.

명객에 대해 알아야 할 것들이 많았다.

하지만 아쉽게도 그것은 그리 쉬운 일이 아닌 듯했다.

적월은 내내 궁금해했던 것을 알기 위해 물었다.

"아, 내가 무림맹 무인이 아닌 걸 어떻게 안 거야? 바로 알아낼 줄은 몰랐거든."

"당신은 우리에 대해 몰라도 너무 모르는군요. 무림맹이라고 우리의 손이 닿지 않을 거라고 생각한 건 아니겠죠? 그런 우리의 표적이 되었으니…… 당신은 절대 살지 못할 거예요."

"역시로군."

예상했던 대답에 적월은 고개를 끄덕였다.

자신의 정체가 무림맹 금황단 소속의 무인이 아니라는 걸 철련문 문주 등자평은 애초부터 알고 있었다.

금황단 자체가 외부로 모습을 드러내지 않는 자들, 그런데도 불구하고 이토록 빠르게 알아냈다는 것은 내부의 도움이 없다면 불가하다.

그 말은 곧 무림맹에도 이들의 정보통이나, 아니면 명객이라는 존재가 직접 있을 수도 있다는 소리다.

정파 무림을 대표하는 무림맹에 그 같은 자가 있다는 사실은 언뜻 보면 놀랄 법도 한 일이다. 하지만 적월은 그리 놀라지도 않았다.

마교도 마찬가지였다.

그들은 마교를 그렇게 잡아먹은 놈들이다.

무림맹이라고 해서 다를 것이 있겠는가? 다만 다른 이들 모두가 모르고 있을 뿐이다.

자신의 예상이 맞았음을 확인한 적월이 재차 물었다.

"뭐, 상황을 보아하니 물을 필요도 없겠지만 부탁을 받은 일이 있어서 물어볼게. 사천당문의 당철휘…… 네가 죽였지?"

"맞아요."

공손하영은 고개를 끄덕였다.

이미 모든 것이 밝혀진 이상 그것에 대해 숨길 이유가 없다.

더군다나 지금은 한 마디라도 더 말을 이어 가며 시간을 끌어야 했다.

슬쩍 내려다본 어깨 부분의 상처도 점혈 덕분인지 한결 나아졌다.

적월은 이해가 안 간다는 듯이 말했다.

"사천당문을 왜 건드린 거지? 괜히 의심 살 필요는 없었잖아?"

"천한 아이들 피보다는 그래도 귀한 집 자식이 낫지 않을까 싶어서요. 어차피 문제가 생기면 전 떠나면 그만이잖아요? 철련문이 모든 걸 책임지면 그만인데 무슨 상관이겠어요. 뭐, 근데 천한 놈이나 귀하게 자란 놈이나 피는 똑같더군요."

대답을 하는 공손하영의 얼굴에는 일말의 죄책감 따위가 전혀 느껴지지 않았다.

하기야 애초에 이런 말을 하며 조그마한 죄의식이라도 가질 수 있는 자였다면 이 같은 잔혹한 일을 벌이지도 않았을 것이다.

더는 공손하영에게서 알아볼 것도, 관심도 없었기에 적월은 잠시 거두었던 요란도를 들어 올렸다.

이 싸움을 끝내기 위함이다.

적월이 천천히 입을 열었다.

"대답은 안 할 것 같지만, 내 목에 그 뭔가를 건 그놈은 어디 가면 만날 수 있냐? 그놈이 너희들의 우두머리인 모양인데."

그냥 내뱉은 질문이었다. 한데 그 말에 공손하영의 얼굴이 순식간에 표독스럽게 변했다.

"가, 감히 그분께 놈이라니! 네놈의 혀를 뽑아 버리고 말 테다!"

화를 쏟아 내는 공손하영의 얼굴에는 분노가 가득했다.

흡사 그 모습은 종교에 미친 광신도와 같아 보였다.

적월은 분에 겨워하는 공손하영을 바라보며 조롱하듯이 말했다.

"나한테 겁이라도 집어먹었는지 숨은 채로 뭔가를 걸기나 하는 놈이 욕을 먹으니까 열이라도 받나 봐?"

"이놈이 끝까지!"

파악!

공손하영은 손가락을 날카롭게 세우고 몸을 날렸다.

적월의 가슴팍을 찢어 버리기라도 하겠다는 듯이 그녀의 손가락이 명치 부분으로 날아들었다. 하지만 이미 그런 공손하영의 움직임은 적월에게 완벽하게 파악되어 버렸다.

적월은 날아드는 공손하영의 손목을 잡아챘다.

동시에 팔목을 잡은 손을 잡아당겨 공손하영의 균형을 무너트렸다.

그리고 채 방비도 하기 전에 몸을 빙그르 돌리며 잡고 있던 손을 놓았다.

동시에 뒤편으로 자리를 옮겨 버린 적월의 눈에는 공손하영의 등 뒤가 완벽하게 노출되어 버렸다.

적월의 요란도가 그대로 공손하영의 등으로 날아들었다.

퍼억!

날카로운 소리와 함께 요란도가 등에 틀어박혔다.

분명 생명을 앗아 갈 수도 있을 정도의 치명상을 입었을 것이다.

하지만 적월은 그렇게 생각하지 않았다.

요란도가 멈췄다.

지금 같은 상황이었다면 단번에 몸을 찢어 버렸어야 한다. 그런데 그러지 못했다.

뭔가 이상하다는 생각이 뇌리를 스치고 지나갔다.

동시에 공손하영의 몸에서 피어오르는 붉은 아지랑이.

적월이 황급히 요란도를 뽑아내며 내공을 움직였다.

갈고닦아진 감각의 날카로운 비명 소리를 들은 탓이다. 그리고 적월이 내공을 움직이는 것과 동시에 공손하영의 몸이 폭발하는 듯한 힘을 뿜어냈다.

콰아앙!

공손하영의 몸에서 시작된 힘은 그 즉시 주변으로 퍼져 나갔다. 가까이 있던 적월 또한 그 힘에 정면으로 노출되고 말았다.

공손하영의 주변에 있던 모든 것들이 먼지가 되어 사라져

간다.

더불어 지척에 있던 적월의 몸까지도 그 힘 안에 빨려 들어가 버렸다.

빨려 들던 적월의 몸이 뒤로 튕겨져 나갔다.

그러고는 그대로 바닥에 처박힌 채로 미동도 하지 않고 쓰러져 있었다.

공손하영이 천천히 몸을 뒤로 돌렸다.

그리고 놀랍게도 뒤를 돌아본 공손하영의 얼굴은 무척이나 흉측하게 변해 가고 있었다.

아름다웠던 얼굴이 마구 일그러진다.

급기야는 하얗던 피부도 점점 거뭇거뭇하게 변해 가며, 몸도 쪼그라들기 시작했다.

그러고는 이내 공손하영의 모습이 원래의 모습과는 완전히 다르게 변해 있었다.

당장에 무덤에 들어가도 이상할 것이 없는 노파의 모습, 바로 그것이었다.

입안에 있던 이빨들이 후드득 떨어져 내린다.

그 광경은 놀랍다 못해 무섭기까지 했다.

이빨이 잔뜩 빠져 버린 입을 열며 공손하영이 웃음을 흘렸다.

"키, 키키. 머, 멍청한 놈."

말을 하는 것마저 쉽지 않았는지 공손하영은 손으로 입 주변을 닦았다.

몸은 노쇠해졌지만 여전히 공손하영의 몸 주변에는 붉은 아지랑이가 미약하게나마 돌고 있었다.

공손하영은 바닥에 처박힌 적월을 바라보다 이내 쭈글쭈글해진 자신의 손을 내려다봤다. 손을 바라보는 순간 공손하영의 두 눈에는 말로 형용할 수 없을 정도의 깊은 분노가 맴돌았다.

환골탈태를 했던 것이 아니다.

억지로 내공을 이용해 젊음을 유지하고 있었던 공손하영이다. 그러던 차에 모든 내공과 진기마저 소모해 버렸다.

그 탓에 억지로 잡아 두었던 신체의 나이가 급속도로 찾아와 버린 것이다.

끔찍했다.

보고 싶지 않았다.

늙어 버린 자신의 모습 따위…….

다시 젊음을 되찾기 위해서는 아마도 몇 년의 시간은 족히 걸릴 것이다.

공손하영의 살심 어린 시선이 쓰러져 있는 적월에게로 향했다.

"주, 죽여 버린다……!"

놈은 공손하영에게서 젊음을 빼앗아 갔다. 하늘처럼 우러러보는 그분을 욕하기도 했다.

방금 그 일격으로 죽었을 거라 생각하지만 시체조차도 편히 놔둘 생각은 없다.

갈기갈기 찢어 버릴 것이다.

그리고 그 시체를 동물과 새의 먹이로 던져 줘 버리고야만다. 그래도 지금 자신의 분노의 일 할이라도 풀릴 거라는 생각이 들지 않는다.

지금 공손하영이 사용한 무공은 다름 아닌 혈뢰환일마공(血雷還一魔功)이라는 것이었다.

지금은 아니지만 백 년 전까지만 해도 오대마공의 하나로 손꼽히던 무공이었다.

수천의 아이들의 피를 머금어야 완성된다는 희대의 마공(魔功).

익히는 과정이 너무 잔혹하여 이제는 아예 사라져 버린 무공이 바로 이 혈뢰환일마공이다. 물론 그 마지막 전수자인 혈천마녀(血天魔女)가 죽으며 사라졌다고 알려지기도 했다.

하지만 그 무공이 아직도 남아 있었다.

그것도 혈천마녀와 함께.

혈천마녀 공손하영.

백오십 년 전 무림에서 가장 잔인한 악녀로 소문이 자자했던 인물이다. 물론 이처럼 시간이 지난 오늘날에야 그녀에 대해 기억하는 이는 거의 없다고 봐도 무방할 것이다.

하지만 당시에 혈천마녀는 공포의 대상이었다.

혈천마녀는 특히나 어린아이의 피를 좋아해서 일반인이 사는 마을을 습격해 아이들을 납치했었다. 그리고 그 아이들은 혈천마녀의 무공을 위해 잔인하게 죽어 나가야만 했다.

그 잔혹함에 치를 떨어 당시 화산파는 수많은 고수들을 이끌고 그녀를 추격했고, 결국 죽음에까지 몰아넣었다고 알려져 있다.

한데 그런 악녀가 명객이 되어 여태까지 살아왔던 것이다.

폭삭 늙어 버린 공손하영이 힘겹게 적월을 향해 걸음을 옮겼다.

한 걸음 옮기는 것조차 쉽지 않을 정도로 공손하영은 늙어 버린 것이다.

부들거리며 적월을 향해 다가온 공손하영이 떨리는 손을 추켜올렸다.

붉은색 아지랑이가 들어 올린 공손하영의 손으로 몰려들었다.

최후의 힘을 쥐어짜고 쥐어짜서 펼치는 일격.

적월의 몸을 순식간에 난도질해 버리려는 것이다.

공손하영이 떨리는 입을 열어 말했다.

"죽어 마, 마땅한 죄. 죽음으로 갚아라!"

막 일장을 내려치려는 바로 그 순간이었다.

무엇인가 쇄도하는 것을 느낀 공손하영이 옆으로 고개를 돌렸을 때. 그곳에서 이제는 부서져 버린 철련문 내당의 기둥 하나가 날아들고 있었다.

퍼억!

커다란 돌덩이가 공손하영의 왼쪽 옆면을 후려쳤다.

"큭!"

전혀 예상치 못했던 일격이지만 공손하영은 황급히 날아드는 돌을 향해 손바닥을 휘둘렀다.

퍼엉.

커다란 돌이 허공에서 가루가 되어 흩날린다.

돌을 박살 내는 것과 동시에 공손하영은 주변을 두리번거렸다.

이토록 커다란 돌을 누가 집어던졌단 말인가.

주변을 두리번거리던 공손하영은 섬뜩한 느낌에 몸을 굳혔다.

뒤쪽에서 느껴지는 진득한 살기가 그녀의 몸을 감싼다.

공손하영은 믿을 수 없다는 듯이 딱딱한 표정으로 고개를 돌렸다.

그리고 뒤에서는 자리에 쓰러져 있던 적월이 천천히 일어나고 있었다.

"어떻게……."

혈뢰환일마공을 정면으로 받아 냈다.

거리가 지척이었으니 죽었을 거라 생각했다. 설령 살았다 할지라도 목숨이 왔다 갔다 할 정도로 치명상을 입어야 정상이다.

그런데 자리에서 일어난 적월은 그런 공손하영의 생각과는 너무나 달랐다.

태연한 얼굴로 적월은 옷에 묻은 먼지들을 털어 냈다.

적월은 놀란 듯이 자신을 바라보는 공손하영을 향해 말했다.

"그게 본모습인가?"

"어, 어찌 살아 있느냐?"

"방법은 좋았는데 살짝 모자랐어."

적월은 목을 어루만지며 대꾸했다.

흥분해서 달려드는 공손하영을 쉽게 죽였다고 생각했다. 하지만 그것은 오히려 연륜이 깊은 공손하영의 속임수였다.

오히려 적월을 자신의 간격 안에 넣고 빠져나가지 못하게 만들었다. 그리고 동시에 자신의 절기를 펼쳐 내 적월에게 치명상을 주려고 한 것이다.

방법은 좋았고, 조금만 늦었다면 큰 부상을 입을 뻔했다. 하지만 적월이 알아차린 순간이 빨랐던 덕분에 이 정도에서 끝날 수 있었다.

더군다나 적월은 그 짧은 순간에 요력을 이용해 충격을 최소화시켰던 것이다.

적월은 공손하영의 혈뢰환일마공이 펼쳐지는 바로 그 순간 자신 앞의 공간에서 요력을 폭발시켰다. 어찌 보면 위험할 수도 있는 도박이었다.

하지만 그 도박이 성공했다.

앞에서 터져 나간 요력이 혈뢰환일마공의 힘을 대폭 감소시켜 준 것이다. 그 덕분에 적월은 가벼운 내상만으로 그 공격을 받아 낼 수 있었다.

최근 요력을 보다 손쉽게 사용하기 위해 집중력 훈련을 해 온 적월이다. 그랬기에 이같이 위급한 순간에 요력을 끌어내 자신을 지켜 낼 수 있었던 것이다.

큰 부상을 입지 않았음에도 적월이 죽은 척 쓰러져 있던 것은 혹시나 무엇인가 단서가 될 법한 다른 말을 할지 몰라서였다.

예상대로 적월을 쓰러트렸다고 생각한 공손하영은 뭔가

를 떠들어 댔다.

하지만 아쉽게도 그 안에는 적월에게 도움이 될 이야기는
아무것도 없었다.

그러던 차에 공손하영이 일격을 가하려 하니 적월이 자리
에서 일어난 것이다.

물론 방금 전 옆에서 날아든 돌기둥 또한 적월이 벌인 일
이다.

요력이란 의지의 발현, 적월이 마음먹은 바로 그 순간 생
명이 있는 것처럼 돌이 움직인 것이다.

공손하영이 이를 부득 갈았다.

자신의 모든 것을 건 일격조차 적월에게 통하지 않았다
생각하니 가슴 밑바닥부터 말로 형용하기 힘들 정도의 분노
가 샘솟는다.

모든 걸 버린 일격이었다.

백 년이 넘는 시간 동안 쌓아 온 진기마저 모두 쏟아 냈
고, 그 탓에 어떻게든 지켜 오던 젊음마저 사라져 버렸다.
그런 일격이 상대에게 아무런 피해도 입히지 못했는데 어찌
태연할 수 있겠는가.

혈뢰환일마공의 기운이 공손하영의 손 위에서 더욱 붉게
타올랐다.

'이번 공격이 마지막이야.'

모든 내력을 쥐어짜서 만든 마지막 힘. 이것마저 실패하면 더는 없다.

왜 실패했는지 공손하영은 알지 못했다.

하지만 이런 상황이 온 이상 그래도 믿을 건 혈뢰환일마공뿐이다.

주변으로 피 냄새가 퍼진다는 느낌이 드는 것은 착각일까? 아니면 공손하영의 혈뢰환일마공이 완성되기 위해 흘린 이들의 피가 지금 그 억울함을 호소하는 것일까?

적월은 공손하영의 이번 공격이 마지막이 될 것이라는 것을 잘 알았다.

상황이 여기까지 온 이상 최후의 일격을 가할 것은 뻔한 일이었다. 그리고 힘이 빠진 공손하영이라 할지라도 적월은 얕보지 않았다.

공손하영이 날렸던 저 정체 모를 무공은 무척이나 강했다. 방심하다가는 이번엔 치명상을 입을지도 모른다.

적월의 몸에서도 붉은 기운이 연기처럼 피어오르기 시작했다.

하지만 피를 연상케 하는 공손하영의 붉은 기운과 적월의 것은 너무나 달랐다.

요력이 사방으로 퍼져 나가기 시작했다.

후드득.

무엇인가 움직이는 소리에 공손하영은 달려들려던 움직임을 멈추고 슬쩍 주변을 둘러봤다. 그리고 주변을 둘러보던 공손하영은 자신의 눈을 의심하지 않을 수 없었다.

주먹 정도 되는 크기의 돌들이 사방에서 꿈틀거리기 시작했다.

그리고 그 돌들이 천천히 허공에 떠올랐다.

'이, 이건…….'

떠오른 돌들이 적월과 공손하영의 주변을 미친 듯이 맴돌았다.

섬뜩한 모습에 절로 공손하영은 오싹함을 느꼈다.

하지만 그렇다고 해서 멈출 수 없었다.

'죽여야 한다. 죽이지 않으면 내가 죽는다.'

적월의 요기가 움직였다. 주변을 돌고 있던 돌들이 마치 투석기로 인해 쏘아진 것처럼 공손하영에게 날아들었다.

퍼퍼퍽!

약해진 공손하영의 신체에 돌들이 날아가 두드렸다.

사방으로 피가 터져 나갔다.

"으악!"

공손하영의 입에서 터져 나온 고통스러운 비명 소리, 하지만 그럼에도 불구하고 눈가에 맺힌 짙은 살기만은 여전하다.

그녀의 두 눈동자가 번뜩였다.

쏴아아!

핏빛 기운이 하늘을 뚫을 듯이 솟구쳐 오른다.

강기가 연검을 타고 핏빛을 사방으로 뿌려대기 시작했다.
연검이 흡사 생명이 있는 미꾸라지처럼 사방으로 날뛰었다.

그리고 이내 핏빛 강기가 바람을 가르며 적월의 머리를
향해 떨어져 내렸다.

그 때였다.

기다렸다는 듯이 적월이 손을 휘저었다.

바로 그 순간 주변을 돌고 있던 돌들이 빠르게 적월의 앞
을 막아섰다. 돌들은 두터운 방패가 되어 날아드는 공손하
영의 강기를 막아 냈다.

콰앙!

연검이 돌을 후려쳤다.

상식적으로 본다면 이런 돌 정도야 강기에 휩싸인 공손
하영의 연검에 조각이 나야 옳을 게다. 하지만 이 돌들 또한
적월의 요력이 머물고 있는 상태, 그리 쉽사리 뚫리지 않았
다.

그리고 두 개의 물체가 허공에서 부닥치는 찰나 적월은
다음 행동을 취했다.

공격을 막아 냈던 견고한 방패가 되어 주었던 돌멩이들이

이번에는 정면에서 공손하영을 덮쳐 버렸다.

퍼퍼퍽!

거리는 지척.

그리고 모든 힘을 쥐어짜 마지막 일격을 가하고 있던 공손하영으로서는 피해 낼 재간이 없었다. 정면에서 날아든 돌들이 공손하영의 전신에 틀어박혔다.

쿠웅.

연검과 함께 공손하영의 몸이 그대로 땅에 떨어져 내렸다.

생명을 부지하기 힘들 정도의 부상을 입은 공손하영이 땅에 쓰러진 채로 푸들푸들 떨었다.

그녀는 반쯤 비어 버린 눈으로 적월을 향해 고개를 돌렸다.

"키, 킥킥. 제법이로구나."

억지로 말을 내뱉고 있지만 당장이라도 숨이 넘어갈 것만 같다. 입을 통해 꺼먼 피가 터져 나온다. 장기는 전부 상해 버렸고, 더는 늙어 가는 몸을 지탱할 힘조차 남아 있지 않다.

공손하영은 자신을 내려다보는 적월을 보며 웃음을 지었다.

죽음이 코앞에 다가왔음을 알 텐데도 제법 담담해 보인

다. 공손하영은 남은 생명을 쥐어짜서 힘겹게 입을 열었다.

"나를…… 이겼다고 해서 조, 좋아하지 말거라. 나는 그저 일개 하수인일 뿐이니까."

말을 마친 공손하영은 비웃음을 흘리며 피를 쏟아 냈다. 몇 번 피를 울컥 뱉어 낸 그녀의 표정이 아까보다 한결 나아 보였다.

하지만 이것은 상태가 좋아진 것이 아니다.

오히려 죽기 전 아주 잠시나마 생기를 되찾는다는 회광반조(廻光反照)의 상태였다.

공손하영은 억지로 감기려는 두 눈을 부릅뜨고 적월을 바라봤다.

실수였다.

그분이 걸어 둔 물건에 욕심이 나서 피하지 않은 것이 잘못이다.

그리고 설마 염라대왕이 보낸 자에게 당할 거라고 생각하지 않았던 것도 이 같은 잘못된 판단을 내리는 데 일조했음을 공손하영은 너무나 잘 알고 있었다.

상대를 너무 얕봤다.

그리고 그 결과 이런 최후를 맞이하게 된 것이다.

'설마 염라대왕이 이 정도로…… 완벽하게 요력을 쓸 수 있는 놈을 만들어서 내려보낼 거라 생각지 못한 게 내 패착

이구나.'

명객들 또한 알고 있다.

지옥의 염라대왕이 자신들을 명부의 세계로 불러들이려
하고 있다는 것 정도는 말이다. 그리고 실제로 오래전부터
몇몇 자들이 그 같은 임무를 행하기 위해 움직이기도 했다.

하지만 단 한 번도 이처럼 요력을 수족처럼 다루는 자가
나타난 적은 없다고 알고 있다.

일이 년 정도의 준비로 완성된 놈이 아닐 것이다. 염라대
왕이 결국 굳게 마음먹고 오랫동안 벼르던 칼을 꺼내 들었
다는 소리다.

하지만…….

공손하영이 만면에 자신만만한 미소를 머금은 채로 입을
열었다.

"안 돼, 안 돼. 너 정도로는…… 그분의 발가락에도 미치
지 못한다고……."

공손하영은 적월을 향해 중얼거리며 천천히 고개를 떨어
뜨렸다.

투욱.

손에 들려 있던 연검이 미끄러지듯이 떨어져 내린다.

죽어 버린 공손하영을 바라보던 적월이 말없이 손에 들린
요란도를 도집에 넣었다.

차앙.

요란도를 회수한 적월이 주변을 둘러봤다.

철련문은 이제 형체를 알아볼 수 없을 정도로 부서져 버렸다.

그리고 근방에는 사람 그림자조차 보이지 않는다. 둘의 싸움으로 인해 철련문 대부분이 박살 나 버렸다.

문주인 등자평의 죽음, 그리고 그가 한 악행들…… 철련문은 다시금 무림에 모습을 드러내지 못할 것이다.

한 명의 명객을 염라대왕의 명에 따라 목숨을 거두었다. 그리고 적월 스스로도 죽여도 전혀 찜찜할 게 없는 자라는 생각이 드는 상대이기도 했다.

한데 이상하게 뒤가 개운치 않은 것은 아마도 공손하영이 죽으면서까지도 내뱉은 그분이라는 존재에 대한 궁금증 때문이리라.

명객들에게도 자신들만의 세계와 상하 관계가 있다는 사실을 알게 됐다.

그리고 그 정점에 있는 것으로 생각되는 그 존재는 공손하영에게 무한한 믿음을 줄 수 있을 정도의 인물이 분명했다.

대체 어떤 자이기에…….

큰 부상 없이 이기긴 했지만 그것은 공손하영이 약해서가 아니었다.

요력이 있었고, 또 그녀에게 전혀 밀리지 않는 무공이 있었기 때문에 가능했다.

그런 적월과 싸워 본 공손하영이 한 말이다.

무조건적으로 믿을 순 없지만 그런 공손하영은 자신을 그 의문의 존재와 비교하며 자신만만한 미소를 머금었다.

그 미소가 못내 마음에 걸린다.

그것은 확신이 가득한 미소였다.

공손하영은 진심으로 적월이 그 존재에게 미치지 못한다고 자신하고 있었다.

그 존재에 대해 너무나 궁금했지만 지금 당장으로써는 알 수 없는 일이었다.

하지만 확실한 것이 하나 있다.

염라대왕이 원하는 이 길을 계속해서 걷다 보면…… 언젠가 그자를 만나게 될 거라는 것을.

적월은 주변을 휘둘러보며 입을 열었다.

"이제 뒷정리만 남은 건가."

第二章
사천당문

고맙네

　사천성 성도(成都) 부근에 있는 사천당문은 오래된 역사를 자랑한다.

　무공은 여타의 구파일방, 오대세가에 미치지 못한다 하지만 그들은 독과 타의 추종을 불허하는 암기술로 무림에 이름을 떨치는 자들이다.

　더군다나 그들은 지독할 정도로 집요한 면이 있기에 이름 좀 있는 자들이라 해도 사천당문과의 마찰은 피하려고 들 정도다.

　그 정도로 정파 무림에 확고한 위치를 잡고 있는 사천당문에 적월이 모습을 드러냈다.

사천당문에 들어선 적월의 옆에는 잠시 동안 철련문에서 함께 생활하던 당유민이 함께 있었다.

적월의 옆에 서 있는 당유민의 표정은 무척이나 불편해 보였다.

그도 그럴 것이 얼마 전에 있었던 그 괴물 같은 싸움을 일부나마 두 눈으로 직접 본 그다.

그 싸움을 본 이후부터 당유민은 도저히 적월이 보통 인간 같아 보이지 않았다.

단둘만의 싸움이었다. 그런 싸움으로 인해 철련문이 완전히 파괴되어 버렸다.

사천당문에 들어서자마자 당유민은 안도의 한숨을 내쉬었다.

그것은 바로 이 괴물 같은 자와 헤어질 수 있었기 때문이다.

'에휴, 정말 심장이 다 쪼그라들겠네.'

철련문이 있는 북천과 성도는 그리 멀지 않았다. 더군다나 한시라도 빠르게 사천당문에 전할 소식들이 있었기에 최대한 빠르게 이곳으로 이동했다.

고작 사흘밖에 걸리지 않았거늘 그 시간 동안 당유민은 여간 눈치가 보이는 것이 아니었다.

마음 같아서는 다른 이들을 적월과 동행시켜 사천당문으로 보내고 싶었지만 이 일에 대해 상세하게 전할 이는 자신밖에 없었다.

당유민은 울며 겨자 먹기로 적월과 동행하여 이곳 사천당
문까지 온 것이다.

사천당문에 도착하자 한결 표정이 풀린 당유민이 우선
적월을 손님이 머무는 곳으로 안내했다. 그곳에 도착한 당
유민이 황급히 말했다.

"이곳에서 쉬고 계시오. 내가 독신수(毒神手) 어르신을
모시고 올 테니."

"그러죠."

적월은 짐을 의자 옆에 내려놓고는 자리에 편하게 걸터앉
았다.

당유민이 사라지자 방 안은 적막이 가득했다.

적월은 주변을 둘러봤다.

방 안에는 조그마한 탁자와 의자 몇 개, 그리고 비어 있
는 화병 같은 소소한 것들이 전부였다.

애초에 간단한 대화를 나누기 위해 준비된 공간 같았다.

솔직히 말해 처음 철련문에 들어갈 때만 해도 적월은 굳
이 이곳 사천당문까지 올 생각이 없었다.

철련문과 사천당문 사이에 무슨 일이 있었던 간에 그것
은 자신과는 전혀 상관없는 일이었다.

그 일에 대해 더 개입할 생각도 없었고 알게 된 사실만

전달해 주고 명객에 대해 더 캐 나갈 단서를 찾아 그 뒤를
쫓으려고 했다.

하지만 명객인 공손하영과 싸우며 알게 된 사실은 다름
아닌 무림맹 내부에 명객이 숨어 있을 가능성이 크다는 것
이다.

그리고 그런 무림맹에 들어가는 것은 적월 혼자만의 힘으
로는 할 수 없는 일이었다.

몰래 숨어들어 가서 될 일이라면 문제도 아니다.

그러나 적월이 원하는 것은 그런 것이 아니었다.

정당하게 무림맹에 들어가 그 안에서 다음 명객에 대한
단서와 그들과 연결된 다른 자들의 흔적을 찾아야 했다.

지금의 적월로서는 할 수 없는 일이다.

하지만 사천당문의 전대 문주였던 독신수 당한뢰의 힘을
빌린다면? 사정을 설명한다면 어찌어찌 무림맹 내부로 들어
갈 수 있을지도 모른다.

적월이 굳이 이곳 사천당문에 온 것은 바로 이러한 계산
때문이었다.

하지만 그럼에도 불구하고 아직까지도 적월은 확실하게
마음을 정하지 못했다.

과연 당한뢰의 힘을 빌려 무림맹에 잠입하는 게 옳은 선
택일까?

그런 고민이 드는 것은 바로 명객이라는 존재에 대해 적월이 잘 알지 못했기 때문이다.

놈들의 숫자도 모른다.

놈들이 무엇을 꾸미고 있는지도 모른다.

그저 놈들의 힘은 그 어디에도 있을 수 있다는 것만 추측할 수 있을 뿐이다.

현 마교 교주는 다름 아닌 적월의 수하였던 헌원기다. 그리고 놈은 명객과 어떻게든 줄이 닿아 있다고 염라대왕이 말했었다.

무림맹이라고 과연 다를까?

아니, 마찬가지일 게다.

마교와는 다른 형태일지 모르겠지만 분명 수뇌부 중에 누군가는 명객과 관련이 되어 있거나, 아니면 바로 명객 그 자체일 수도 있다.

심지어 무림맹의 맹주조차 마교와 마찬가지로 명객과 연루되었을지도 모른다.

당한뢰의 힘을 빌려 들어간다면 그런 그들에게 자신의 존재를 노출시키는 꼴이 된다. 그렇다면 적에 대해서는 모르는 채 오히려 이쪽에 대해서만 모두 까발리는 것이 아닌가.

그러한 고민 탓에 적월은 이곳에 왔음에도 불구하고 아직까지 확실한 답을 내리지 못한 것이다.

좀 더 은밀하게 무림맹 내부에 자리를 잡을 수 있다면 좋겠지만 당장에 그런 일은 그리 쉽지 않을 것 같았다.

그 누구도 믿을 수 없다.

명객과 관련되었을 자들이 이 세상에는 수도 없이 많을 테니까.

적월의 상념이 길어지고 있을 때였다.

닫혔던 거처의 문이 열리며 낯익은 노인 하나가 안으로 들어섰다.

당한뢰였다.

적월이 자리에서 일어났다.

그리고 적월에게 다가온 당한뢰가 반갑게 그의 손을 움켜잡았다. 갑작스러운 행동이었지만 적월은 당한뢰의 눈빛에서 그의 속내를 읽었다.

적월의 손을 잡은 당한뢰가 입을 열었다.

"고맙네, 고마워. 내 고맙다는 말이 아니고는 할 말이 없네."

당한뢰는 연신 고맙다는 말만 내뱉었다.

이미 사건의 전말을 알고 있다.

철련문이 무너진 그날 당유민은 바로 당한뢰에게 전서구를 날렸다.

정확한 앞뒤 상황까지야 모르겠지만 이미 대략의 일들은

적월이 이곳에 도착하기 훨씬 전에 알게 된 당한뢰다.

적월은 손을 슬그머니 빼면서 말했다.

"제 목적과 어르신의 목적이 일치했을 뿐입니다."

담담하게 말하는 적월을 보며 당한뢰는 대단하다는 듯이 고개를 끄덕였다.

전서구를 통해서도 들었다.

그리고 방금 전 사천당문에 적월과 함께 돌아온 당유민을 통해서도 당시의 상황에 대해 더욱 자세히 들을 수 있었다.

어찌 이처럼 곱게만 생긴 사내가 철련문을 단신으로 부숴 버렸단 말인가.

더군다나 그 안에는 정체불명의 고수까지 숨어 있었다고 한다.

그것도 철련문 문주 등자평이 쩔쩔맬 정도의 인물이었다고 하니 그 무위는 보통이 아니었을 것이다. 한데 그런 자들을 모두 쓰러트렸다.

아마도 직접 본 자가 없었다면 제아무리 적월을 높게 평가하는 당한뢰라 할지라도 쉬이 믿기 어려웠을 게다.

적월이 자리에 앉자 맞은편에 당한뢰 또한 자리했다.

자리에 앉은 당한뢰가 거듭 진심을 담아 감사의 인사를 내뱉었다.

"자네 덕분에 내 오랜 한을 풀었네. 비록…… 원하는 방향으로 흘러가진 않았지만 말일세."

불구가 되어 있을지언정 그래도 당철휘가 살아 있기만을 간절히 기원했었다.

하지만 슬프게도 그러한 당한뢰의 바람은 역시나 이루어질 수 없었던 모양이다.

예상은 했지만 현실을 알게 되며 받은 충격이 보통은 아니다. 그렇지만 다행이다.

만약 적월이 없었다면 당한뢰는 의심을 하면서도 철련문을 어찌할 수 없었을 테니까.

그리고 그들이 남아 있었다면 또 다른 당철휘 같은 불쌍한 아이들이 계속해서 발생했을 것이다. 그러한 일은 상상하고 싶지도 않았다.

당유민에게 전해 들은 철련문의 악행은 끔찍했다.

영생이라는 헛된 꿈을 이루기 위해 어린아이의 피에 몸을 담그다니, 어찌 인두겁을 쓰고 그 같은 일을 벌일 수 있단 말인가.

실제로 처음 그 이야기를 전해 듣고 당한뢰는 뒷목을 움켜잡았다.

죽었다는 사실만으로도 슬프고 괴로웠거늘 그렇게 인간 같지도 않은 죽음을 맞이했다니…… 죽어도 편히 죽지 못했을 게다.

당철휘에 대한 생각이 떠오르자 당한뢰의 표정이 자연스레 어두워졌다.

얼마나 고통스러웠을까…… 그 어린 것이 얼마나 무서웠을까.

답답함과 슬픔이 뒤섞여 가슴이 답답했다.

굳어 있는 당한뢰의 표정을 보며 적월은 그가 어떠한 생각을 하는지 알아차렸다. 적월은 잠시 당한뢰를 바라보다 천천히 입을 열었다.

"철련문에 대한 처분은 어찌 됩니까."

적월의 질문에 당한뢰는 퍼뜩 정신을 차리며 대답했다.

"아, 우리들만의 판단으로 처리할 수는 없는 노릇인지라 무림맹에 알렸다네. 결론이 어찌 나오든 철련문의 봉문은 수순이겠지."

악행을 저질렀던 문주 등자평과 정체불명의 여인은 이미 죽었다.

하지만 그렇다고 해서 끝은 아니다.

그 외의 철련문 문도들에 대한 치밀한 조사가 이루어질 테고 죄의 유무를 엄중히 가려 그에 맞는 처분이 떨어질 것이다.

무림맹에서도 이번 사건에 대한 전말을 전해 듣고 무척이나 놀랐다고 알고 있다.

그 정도로 끔찍한 사건이었고, 그만큼 이 일은 치밀하게 조사될 것이 분명하다.

혹시나 철련문의 사건과 연관된 누군가가 남아 있다면 당한뢰는 결코 용서치 않을 것이다. 그것이 손자 녀석을 지켜 주지 못한 자신이 할 수 있는 유일한 속죄라고 생각했으니까.

당한뢰가 맞은편에 앉아 있는 적월을 향해 물었다.

"자네는 이제 어쩔 생각인가? 딱히 할 일이 없다면 사천 당문의 귀빈으로 청하고 싶은데……."

"할 일이 있어서 그건 힘들겠군요."

적월이 일언지하에 거절했다.

하지만 그런 적월의 대답을 예상이라도 했다는 듯이 당한뢰가 고개를 끄덕이며 말을 이었다.

"그럴 줄 알았네. 자네는 이런 곳에서 조용히 살 사내 같아 보이지는 않거든."

"알면서 왜 청하신 겁니까?"

"허허, 사람이 예의라는 게 있지 않은가. 그냥 예의상 물은 거뿐이네. 내 말에 그러겠다고 대답할까 내심 긴장한 거 안 보이는가?"

너털웃음을 터트리며 당한뢰가 장난스럽게 말했다.

평생의 한이 될 법한 이 사건을 해결해 준 적월이 어찌 고맙지 않겠는가.

말은 저리했지만 된다면 옆에 두고 많은 것을 해 주고 싶은 심정이다.

하지만 그런 자신의 마음만으로 잡아 두기에는 이 사내는 무엇인가 다른 많은 생각이 있는 듯했다.

당한뢰가 자리에서 일어났다.

더 많은 이야기와 고마움을 표시하고 싶었지만 아쉽게도 지금은 그럴 수가 없다.

무림맹에 이 사건을 알리긴 했지만 결국 당사자는 사천당문이다.

지금도 사천당문 수뇌부들이 모여 회의를 하던 중에 이곳으로 뛰어온 당한뢰였다.

사천당문의 전대 문주로서 해야 할 일이 남아 있다.

자리에서 일어난 상태로 당한뢰가 힘주어 당부하듯 말했다.

"그래도 며칠은 꼭 쉬었다가 가게. 내 지금은 바빠서 이리 가지만 나와 술자리도 꼭 함께해야 하네. 이곳에 있는 동안 섭섭지 않게 대접할 테니. 알겠는가?"

"그러죠."

적월 또한 무림맹의 일로 어찌해야 할지 확답을 내리지

못한 상태였다. 며칠 정도 생각을 정리할 여유가 생겼으니 굳이 거절할 필요도 없다.

고개를 끄덕인 적월을 두고 돌아섰던 당한뢰가 갑자기 멈추어 섰다. 그러고는 고개를 돌려 적월을 바라보며 말했다.

"아참, 묻고 싶은 게 있었는데 자네 나와 헤어진 이후에 북천에만 있었던 거 아닌가?"

"네, 그런데요?"

"역시 자네가 아닌가 보군. 누군가가 자네 흉내를 내고 다니는 모양이네. 그만큼 비사문을 박살 냈던 자네 이야기가 최근 화젯거리라는 소리겠지. 거기다가 이 철련문 일까지 합쳐지면…… 정말 젊은 영웅이 탄생했다고 무림이 시끌시끌하겠구먼."

당한뢰의 말에 적월은 별다른 반응 없이 고개를 끄덕였다.

신흥 고수가 등장하면 으레 그런 자의 흉내를 내는 자들이 생겨나기 마련이다.

너무나 평범한 일이었기에 적월은 그다지 관심이 생기지 않았다.

어차피 그런 자들은 시간이 지나면 점차 사라질 수밖에 없다.

당사자가 무림을 종횡하고 있는데 가짜 신분을 한 이가 어찌 계속해서 까불고 다닐 수 있겠는가.

적월이 무덤덤하게 물었다.

"제 흉내 내는 놈이 무슨 나쁜 짓이라도 벌였답니까?"

"그것이 오히려 반댈세."

"반대라뇨?"

"남 흉내 내는 놈이라면 뭔가 뒤가 구린 짓을 해 대는 것이 정상인데 이자는 그렇지 않다더군. 오히려 근방에 있는 비적들까지 박살을 내 놨다고 들었네. 그토록 좋은 일을 할 거면서 굳이 왜 자네의 신분을 쓰고 있는지 모르겠군."

"……이상한 놈이군요."

왜 자신의 이름을 쓰면서 좋은 일을 하고 다니는지 의문이 들었지만 그것도 잠시였다.

어차피 그런 자들의 일이 적월의 관심사가 될 리가 없었다.

적월의 말에 고개를 끄덕이며 동조의 빛을 띤 당한뢰가 말했다.

"이상하긴 하지만 나쁜 짓을 해 대는 것보다야 훨씬 나으니 너무 걱정 말게. 오히려 마을 사람들이 적 소협이라 부르며 칭송까지 할 정도라니 직접 찾아가서 얼굴이라도 한번 보고 싶은 심정……."

"잠깐, 지금 뭐라고 하셨습니까? 적 소협이요? 마을 사람들이 어찌 그자를 적 소협이라고 부른답니까?"

무덤덤하게 이야기를 듣고만 있던 적월의 얼굴 표정이 처음으로 변했다.

그건 다름 아닌 당한뢰의 말 속에서 나온 단어 때문이었다.

이야기를 이어 가던 당한뢰가 떨떠름한 표정을 짓고 있는 적월을 향해 말했다.

"그자가 자신이 적 씨라 말하지 않았다면 다른 사람들이 왜 그리 부르겠는가. 스스로가 그리 말했으니 적 소협이라 부르는 것일 테지."

"……확실합니까?"

"물론일세."

당한뢰가 왜 그러냐는 듯이 적월을 바라봤다.

적월이 놀라는 것은 당연했다.

자신이 비사문을 부순 것에 대한 소문이 나기를 원했던 것은 사실이다.

그리고 실제로 초운학에게 이 일에 대해 소문이 나게 하라고 명을 내리기도 한 것이 적월 본인이다.

초운학과 살문의 노력 덕분에 이 소문은 정말 불붙듯이 빠르게 퍼져나가기도 했다.

하지만 단 한 번도 적월은 자신의 이름을 밝히라고 하지 않았다. 그랬기에 처음 만났을 때 당한뢰도 자신의 이름을 모르지 않았던가.

그런데 적 소협이라고?

그냥 운이 좋게 성이 같은 걸까?

아니다.

그냥 그렇게 생각하기에는 그럴 확률이 너무나 적다. 이 만 개가 넘는 성씨 중에 운 좋게 들어맞을 확률이 얼마나 되겠는가.

적월이 비사문을 부순 것을 아는 자는 손으로 꼽을 정도로 적다.

살문주 초운학, 그리고 사천당문의 두 사람이 전부다.

초운학은 결코 그 사실에 대해 말하지 않았을 것이다. 적월의 명이었고, 굳이 이름을 알린다고 그에게 득이 될 일은 없었을 테니까.

사천당문의 두 사람도 마찬가지다.

철련문에 비밀스레 적월을 잠입시키려 했던 당한뢰다. 그런 그가 적월의 정보에 대해 떠들고 다녔을 리가 없다.

그리고 시기적으로도 사천당문의 두 사람이 그런 정보를 흘렸다는 건 다소 말이 되지 않는다.

한마디로 셋 모두가 아니라는 소린데…….

'그럼 대체 누구라는 거야?'

셋을 제외하고 비사문을 자신이 부쉈다는 것을 알 법한 사람이 떠오르지 않는다. 아니, 있을 수가 없어야 정상이다.

상대에 대해 짐작조차 가지 않았지만 하나 확실한 것이 있다.

그자가 자신을 부르고 있다는 것이다.

가능성이 희박하긴 하지만 그래도 아주 조금의 가능성이라도 있는 것은 둘밖에 생각나지 않는다.

염라대왕, 아니면 명객……

물론 그들이라고 판단하기에는 무엇인가 앞뒤 상황이 맞지 않았지만 그 둘은 그나마 일말의 가능성이 있다.

적월이 예상하는 그 둘 중 하나든, 아니면 또 다른 생각지 못했던 존재이든 간에 답은 하나다.

자리에서 일어난 적월이 말했다.

"잠깐 어디 좀 다녀와야겠습니다."

*   *   *

뜨거운 열기는 숨을 쉬기조차 힘들게 만든다.

화마극지(火魔極地)라 불리는 곳.

세상 그 어디보다도 뜨겁고, 뿜어내는 열기는 흡사 용암 안을 연상케 할 정도의 땅을 일컫는 말이다. 화마극지는 인위적으로 만들 수 있는 것이 아니다.

수천 년, 수만 년 동안 자연의 변화 속에 자연스레 만들어지는 곳, 그곳이 화마극지라는 곳이다.

화마극지에서는 보통의 생물은 살지 못한다.

그리고 워낙 땅속 깊은 곳에 감춰져 있는 곳이기에 사람의 발걸음조차 닿지 않는 곳이기도 했다.

한데 그런 화마극지에 죽립을 눌러쓴 자들 세 명이 자리하고 있었다.

그중 하나가 입을 열었다.

"환주(幻主)는 아직이야?"

여인의 목소리.

그녀는 무엇인가 잔뜩 짜증이 나 있는 듯했다. 그런 짜증스러운 여인의 목소리에 대수롭지 않다는 듯이 한 사내가 대꾸했다.

"하루 이틀 일도 아니잖아."

"건방진 자식, 자기만 회주야? 왜 그런 놈을 회주로 임명하신 건지 그분의 생각을 모르겠어."

"말조심해라, 인주(人主). 혈왕(血王) 님에 대해 함부로 혀를 놀리면 당장에 죽여 버릴 테니까."

둘과는 살짝 떨어진 곳에 서 있는 자가 차가운 목소리로 말했다.

죽립으로 가려져 있어 외향을 살필 수는 없었지만 들려오는 목소리만으로도 한기가 풀풀 풍기는 사내일 거라는 것을 알 수 있을 정도였다.

차가운 사내의 경고에 인주라 불리는 여인이 일순 입을 닫았다.

하지만 이내 슬쩍 겁을 집어먹은 것이 자존심 상했는지 퉁명스레 말했다.

"언제 내가 혈왕 님에게 뭐라고 했어? 그냥 환주에 대해 이야기한 거잖아. 아무리 네가 천주(天主)라고 해도 최소한의 예의는 지켜 줬으면 하는데."

"환주를 정하신 것은 혈왕 님의 뜻이다. 그리고 그런 혈왕 님의 뜻에 의문을 가진다는 것만으로도 너는 이미 충분히 죽을죄를 지은 것과 다름없다."

"말이 안 통하네. 그래서 지금 여기서 한판 붙어 보자는 거야?"

인주가 지지 않겠다는 듯이 이를 부득 갈 때였다.

처음 인주의 말에 대꾸했던 사내가 둘 사이를 중재하고 나섰다.

둘 사이에 끼어든 그는 장포로 몸을 가리고 있었음에도 확 드러날 정도의 거구의 사내였다.

그런 그가 둘을 저지하며 말했다.

"우리들 끼리 싸워서 뭐하자는 거야? 그만들 두라고."

"지주(地主), 너도 마찬가지다. 최근 네놈의 일처리 너무 엉망이라는 생각 안 들어? 아직까지도 아무런 단서도 얻지 못한 게 말이 된다 생각해?"

"나라고 알아내기 싫어서 그랬겠냐. 아무리 찾아봐도 쉽지가 않은 걸 어쩌라고."

지주라 불린 거구의 사내가 귀찮다는 듯이 대꾸했다.

그런 모습에 천주가 무엇인가 더 말을 이어 가려고 할 때였다.

철그렁, 철그렁.

갑작스럽게 들려오는 쇳소리, 그 쇳소리가 들리는 순간 천주, 지주, 인주라 불리는 그들은 모두 입을 닫고 무릎을 꿇었다.

고개까지 숙인 그 셋이 있는 곳에 누군가가 천천히 모습을 드러내고 있었다.

아름다운 사내였다.

긴 흑발은 땅에 닿을 정도로 길었고, 불꽃을 담은 듯이 이글거리는 눈동자에서는 이질적인 느낌까지 물씬 풍겼다.

그저 사내가 모습을 드러낸 것만으로도 주변의 열기가 후끈 달아오른다.

쭉 뻗은 신체는 호리호리하면서도 단단해 보인다.

큰 키에 다소 마른 몸이지만 그자의 몸에서는 패자의 기운이 감출 수 없을 정도로 뚝뚝 흘러내리고 있었다.

한눈에 봐도 보통 인물이 아니라는 걸 알 수 있을 정도였다.

한데…….

모습을 드러낸 사내의 양팔과 두 발이 커다란 쇠사슬에 묶여 있다.

흡사 죄인처럼 말이다. 그리고 그 쇠사슬들은 선홍색으로 빛나는 보석 같은 것에 고정되어 있었다. 사내의 등장에 맞춰 쇳소리가 났던 것은 바로 이 쇠사슬 때문이었던 것이다.

젊고 아름다워 보이는 사내는 고개를 숙이고 있는 세 사람을 바라보며 입을 열었다.

"시끄러워서 잠을 잘 수가 없구나."

"죄송합니다, 혈왕 님."

정체불명의 세 사람이 말하던 혈왕, 그 존재가 바로 이 사내였던 것이다.

이 젊어 보이는 사내가 바로 염라대왕이 그토록 잡고 싶어 하는 명객들 모두를 이끄는 수장이었다.

혈왕이라 불리는 사내가 입을 열었다.

"무슨 일로 이리들 모인 것이냐."

"말씀드릴 것이 있어서 왔습니다."

대답한 것은 천주였다.

천주의 말에 혈왕이 고개를 끄덕이며 대답했다.

"말해라."

"명객 중 하나가 죽었습니다."

"죽어? 누가 말이냐."

"공손하영이라는 계집입니다."

"공손하영……?"

공손하영이라는 이름에 혈왕은 고개를 잠시 갸웃했다. 들어 본 것 같기는 한데 정확하게 기억이 나지 않는다.

혈왕이 이끄는 수많은 명객들, 개중에 혈왕이 기억하는 이는 몇 되지 않는다.

혈왕 자신의 기억에 없는 이름이라면…… 기억할 만한 가치도 없었다는 소리다.

중요한 건 공손하영이 죽었다는 게 아니다.

어떻게 죽었는가 그것이 문제였다.

이름조차 기억나지 않는 수하의 죽음 따위 혈왕에게는 아무런 의미도 없었으니까.

비록 반쯤 이름뿐인 자였다 할지라도 명객을 죽일 수 있는 이는 무림에 그리 많지 않다.

그런 명객이 죽었다.

아직은 무림에 두각을 드러내지 말라고 혈왕은 명을 내렸다. 그리고 명객이라면…… 그런 자신의 명을 어길 수 없다.

명객을 잡아낸 것은 보통 무인이 아니다.

혈왕이 천천히 입을 열었다.

"드디어 모습을 드러냈군, 염라의 개."

수상한 움직임은 이미 오래전에 알아차렸다.

지상에 있는 자신들을 제거하기 위해 염라대왕이 누군가를 내려보냈다.

하지만 아는 것은 그뿐이다.

놈의 정체도 모르고, 또 왜 여태까지 잠잠히 지내 왔는지도 알지 못한다. 염라대왕이 누군가를 내려보냈을 거라는 어렴풋한 추측이 확신이 된 것은 불과 이 년 전이다.

천왕문이 열렸다.

천왕문이 뿜어내는 요기는 천하를 뒤덮었다.

제아무리 멀리 떨어져 있었다고 한들 그것을 알아차리지 못할 혈왕이 아니다.

그는 특별한 자였으니까.

상대가 천왕문을 열었다는 사실은 혈왕마저 긴장하게 했다.

여태 수많은 염라대왕의 사자들을 적으로 마주했었다.

하지만 그 누구에게도 염라대왕은 천왕문을 여는 권한 같은 것을 주지 않았다.

그저 뛰어난 무인, 아니면 하급 요괴들이 염라대왕이 손을 쓸 수 있는 전부였다.

하지만 이번에는 아니다.

이번에 자신들을 노리는 자는 염라대왕이 오랫동안 준비한 것이 분명했다.

혈왕은 쇠사슬에 묶인 몸을 질질 끌며 천주를 향해 다가왔다.

지척까지 다가온 혈왕이 입을 열었다.

"놈의 정체를 알아냈느냐?"

"죄송합니다. 아직 아무것도 알아내지 못했습니다."

혈왕 앞에서는 다른 세 명의 회주들보다 유독 공손한 천주다. 그런 그를 다른 회주들은 혈왕의 오른팔이라 불렀다.

혈왕이 이곳에 모인 세 사람을 지그시 순서대로 바라봤다. 그 시선을 마주하는 순간 모두가 자신도 모르게 눈을 내리고야 말았다.

쇠사슬에 묶인 혈왕은 거동하는 것조차 쉽지 않아 보였다.

사지를 결박한 쇠사슬, 그리고 그런 쇠사슬이 틀어박혀 있는 선홍색 보석…… 이 쇠사슬은 다름 아닌 혈왕을 억누르는 봉인과도 같은 것이었다.

보통의 쇠사슬이라면 잘라 내면 그만. 하지만 아쉽게도 이것은 그러한 것이 아니었다.

쇠사슬에 묶여 있는 동안 혈왕은 이곳을 나갈 수도, 그리고 본연의 힘을 사용할 수도 없다. 그럼에도 불구하고 이곳에 있는 셋 모두 혈왕의 기운에 압도되고 있다.

사지가 모두 결박되어 있거늘 회주 셋이 합공을 한다 해도 혈왕의 상대가 되지 못한다.

압도적인 강함.

그 압도적인 힘이 이들을 혈왕의 수족이 되게 만들어 버렸다.

투쟁심?

웃기는 소리다.

투쟁심이라는 것도 어느 정도 감당할 수 있는 수준이어야 일고 말고 하는 것이다.

이 정도로 차이가 나면…… 그 때부터는 투쟁심도 일지 않는다.

혈왕이라는 존재에게서 느껴지는 것은 그저 막연한 공경과 두려움.

그것뿐이다.

혈왕이 입을 열었다.

"지주, 염라의 수족을 자르는 임무는 네게 맡긴다. 인주와 환주는 제각기 찾는 물건이 있고, 천주는 맡고 있는 일이 많으니."

"명 받듭니다."

거구의 지주가 무릎을 꿇으며 예를 취했다.

지주의 대답을 들은 혈왕은 시선을 여인인 인주에게로 돌렸다. 그러고는 사지를 붙들고 있는 쇠사슬을 당기며 말했다.

"대체 언제쯤 돼야 날 자유의 몸으로 만들어 줄 생각이냐?"

"죄송해요. 백방으로 찾고 있는데 쉽지 않아서요. 하지만 꼬리를 잡았으니 조만간 반드시 찾아낼게요."

대답하는 인주의 목소리가 미세하게 떨려 왔다.

혈왕이라는 존재의 성격을 너무나 잘 알기 때문이다. 폭발한다면 자신이라고 해도 당장에 죽일 수도 있는 자가 바로 이자다.

혈왕은 주의하라는 듯이 말했다.

"시간이 그리 많지 않다는 걸 명심해라. 염라의 개가 움직인 이상 우리의 목적이 들통 날 수도 있다. 염라가 우리의 목적을 알아내기 전에 모든 걸 끝내야 한다. 다른 놈은 몰라도 염라만큼은…… 위험하다."

세상 무서울 것 하나 없는 혈왕, 그런 그조차도 염라대왕
이라는 존재만큼은 달랐다.

그리고 그런 염라가 선택해 내려보낸 새로운 자도 모습
을 드러냈다.

천왕문을 열 수 있는 존재, 쉬운 싸움이 아니다.

혈왕이 부복하고 있는 셋을 내려다보며 두 눈동자를 빛
냈다. 당장이라도 터져 버릴 것만 같은 뜨거운 기운이 두 눈
에서 쏟아져 내린다.

정체불명의 쇠사슬이 혈왕이라는 존재를 억제하고 있기
에 망정이지, 모든 힘을 쓸 수 있는 그가 세상에 있었다면
풀 한 포기조차 남아나지 않았을 것이다.

땅에 있는 모든 것을 부숴 버릴 것만 같은 파괴신!

그만큼 혈왕의 몸에서 풍겨져 나오는 기운은 강인하면서
도 사악했다.

혈왕이 버럭 소리쳤다.

"가지고 오거라! 두 개의 물건과, 염라대왕이 보낸 그놈
의 목을!"

"존명!"

세 사람이 동시에 소리쳤다.

혈왕의 명이라면 목숨을 걸고 따른다.

第三章
재회

이렇게 만날 줄은 몰랐군

　사천당문을 나온 적월이 가장 먼저 한 것은 살문에게 연락을 취한 것이다.

　사문을 통해 자신의 행세를 하고 다닌다는 그자의 정보를 아는 것이 가장 먼저라는 판단이 섰기 때문이다.

　그자에 대한 정보가 오는 데 그리 오랜 시간이 걸리지는 않았다.

　단 두 시진 만에 수십 장에 달하는 종이가 날아들었다. 그 안에는 그자가 모습을 드러낸 이후 행한 모든 일들이 적혀 있었다.

　그것도 너무 자세할 정도로.

적월 행세를 하고 다니는 그자는 모습을 감추지도, 또는 다른 지역으로 이동하지 않았다.

아예 객잔에 방 하나를 잡고 장기 투숙을 해 댄다고 들었다.

그러면서 그자는 자신의 이야기를 주변에 퍼트리고 있다. 흡사 진짜 적월이 자신을 찾아 나타나기를 바라는 것처럼 말이다.

너무나 손쉽게 놈의 정보들이 들어오는 순간 자신의 추측이 확신으로 바뀌는 것을 느꼈다.

그저 이름만 빌려 호의호식하려는 자였다면 이토록 쉽게 바깥에 노출되지는 않을 것이다.

반면 이자는 대놓고 자신의 소문이 나기를 바라고 있었다.

예상대로 이자는 지금 적월 자신을 부르고 있는 것이 분명했다.

상대가 누구인지 명확히 알 수는 없지만 명객이나 염라대왕의 수족일 수도 있다는 판단에 적월은 바로 움직였다.

사천 면양(綿陽) 지역에서 모습을 드러낸 그는 아직까지도 그곳에 거주한다고 했다.

적월은 바로 말 한 필을 구해 사천 면양을 향해 움직였다.

성도와는 말을 타고 사나흘 정도의 거리에 있는 곳.

그리고 적월은 그 면양을 향해 쉬지 않고 달렸다.

어차피 이 정도의 여정은 고강한 경지에 오른 적월에게 큰 피로를 주지도 않았다.

사나흘은 족히 걸리는 거리를 말을 갈아타면서까지 달린 덕분에 예상보다 훨씬 빠르게 면양에 들어설 수 있었다.

마을에 들어선 적월은 말에서 훌쩍 뛰어내렸다.

그러고는 짐 속에 챙겨 두었던 죽립을 꺼내어 쓰고 얼굴을 가렸다.

해가 지기 전인데도 불구하고 어둑어둑한 날씨.

슬쩍 올려다본 하늘이 당장이라도 비를 뿌려 댈 것처럼 흐리다.

'서둘러야겠군.'

비가 오기 전에 목적지에 도착해야 했다.

이미 살문을 통해 이 면양이라는 도시와 자신을 사칭하고 다니는 자에 대한 수많은 정보를 가지고 있는 적월이다.

적월은 익숙한 듯이 면양이라는 도시를 가로지르며 머릿속에 담긴 객잔 이름을 찾기 시작했다.

영명객잔(英名客棧).

면양 중앙 부분에 위치한 객잔으로 제법 많은 사람들이
오가는 곳이라고 들었다.

그리고 그 영명객잔에 바로 적월의 행세를 하는 자가
머물고 있다.

살문의 정보대로 움직이니 영명객잔을 찾는 것은 그리
어렵지 않았다. 영명객잔의 앞에 선 적월이 속으로 되뇌
었다.

'어디 어떤 놈이 내 흉내를 다니고 다니는지 얼굴 한번
보자.'

최악의 경우 상대는 명객일 것이다.

하지만 그것 또한 적월의 입장에서는 피해야만 할 일은
아니었다.

적월의 목적이 바로 그 명객들을 잡아서 지옥으로 보내
버리는 일이니까 말이다.

상대가 누구든 간에 적월에게는 손해 볼 일이 없다.

적월이 영명객잔 안으로 성큼 들어섰다.

내부로 들어선 적월은 가장 먼저 객잔 안을 살폈다. 영
명객잔은 그 크기가 제법 큰 곳이었다. 하지만 그리 화려
하지 않았고, 안에 모여 있는 사람들의 행색 또한 크게 부
유해 보이지만은 않았다.

적월은 죽립을 다시 한 번 고쳐 쓰며 객잔 이 층으로 올라섰다. 이 층으로 올라선 그는 곧바로 한 곳에 자리를 잡았다.

굳이 이 층으로 올라선 이유는 역시나 객잔 안을 보다 손쉽게 살피기 위함이다.

상대가 호의를 지녔는지 적의를 지녔는지 알지 못한다.

그리고 또 정체가 무엇인지도 모른다. 그런 상황에서 먼저 얼굴을 들키고 싶지 않아 죽립도 쓰지 않았던가.

적월은 다가온 점소이에게 간단한 음식과 술 한 병을 시켰다.

간단한 음식과 술이었기에 주문한 것들은 순식간에 날아들었다.

저렴해 보이는 객잔답게 요리 또한 그리 화려하지 않았지만 그렇다고 해서 맛까지 별로는 아니었다.

고소한 음식들을 먹으며 적월은 아래층을 살폈다.

손님이 많을 저녁 시간인지라 사람의 숫자가 제법 되었다.

대략 그 숫자가 이 층까지 합쳐서 칠십 명.

개중에 무인으로 보이는 자들은 스무 명에 달한다.

일반적으로 일행이 아니고서야 이 정도의 숫자의 무인들이 한 객잔에 머무는 것은 평범한 일이 아니다.

그럼에도 불구하고 이 정도로 많은 수의 무인들이 있는 이유는…… 우습게도 자신 때문일 것이다. 아니, 정확히 말하면 자신의 흉내를 내고 다닌다는 바로 그놈 말이다.

무림은 평온하다.

한동안 큰일 없이 지내 온 무림에 갑작스럽게 벌어진 사건, 바로 비사문의 멸문이다. 그리고 그들을 쓰러트린 자가 고작 약관의 청년이라고 소문이 나니 사람들이 궁금해하는 것은 당연했다.

더군다나 그자가 이곳 객잔에 계속 머물며 많은 선행을 해내 가고 있다고 하니 근방을 지나는 무인들에게는 궁금증과 선망의 대상이 되어 가고 있는 것이다.

적어도 단신으로 비사문을 박살 낼 정도라면 어마어마한 무력을 지닌 것은 굳이 확인하지 않아도 알 일, 거기다가 선행까지 베풀며 이름을 알리고 있으니 미리 친분을 다져 둔다면 추후에 큰 도움이 될 거라는 계산적인 판단을 한 무인들도 많았다.

그리고 적월의 그 예상과 정확하게 일치하는 자들이 이곳 객잔에 무수히 많이 자리하고 있었다.

영명객잔에 있는 대다수의 무인들은 적월을 만나고 싶어 이곳에 있는 것이다.

그들은 진짜 적월을 코앞에 두고도 모른 채 가짜 적월

을 기다리고 있었다.

적월은 술잔에 술을 채워 마시며 계속해서 아래쪽의 상황을 살폈다.

하지만 이곳에 도착한 지 한 시진이 다 되어 가는데도 불구하고 그자는 나타나지 않았다.

적월이 세 병째 술을 시키고 입술을 적실 때였다.

끼이익.

객잔 문이 열리는 소리와 함께 시선들이 하나씩 들어서는 누군가에게로 향한다. 술을 마시던 적월의 손이 멈칫했다.

'왔군.'

적월이 천천히 술잔을 내려놓으며 난간에 몸을 기댔다.

시선이 아래쪽 객잔의 입구로 향했다.

적월의 시선이 향한 곳에서 누군가의 모습이 들어왔다.

사내는 혼자였다.

보통 키에 새하얀 얼굴, 그리고 단정하게 빗어 넘긴 머리와 오똑한 콧날이 사람의 눈을 휘어잡는다. 적월 또한 사내치고 너무나 고운 인상을 지녔지만 이자는 그런 수준이 아니다.

곱다 못해 아름다운 사내, 여인들마저도 그 아름다움에 질투를 느낄 정도라면 어느 정도인지 얼추 짐작이 갈 것이다.

백옥 같은 피부에 차가운 눈동자를 지닌 사내의 시선이 무심하게 사람들을 스치고 지나간다.

그리고 그런 사내를 적월은 말없이 바라봤다.

사내의 모습을 쫓는 적월의 시선이 왠지 모르게 복잡하다.

분명 처음 보는 자다. 그런데 또 왠지 모르게 낯이 익다.

'누군가를 닮은 것 같은데…….'

적월의 기억이 과거를 되짚어 가기 시작했다.

전생까지 합치면 육십이 훌쩍 넘는 삶이다.

그 와중에 만났던 수많은 이들, 그렇지만 그런 적월의 기억에 저토록 아름답게 생긴 남자는 단 한 명도 없었다.

그런데 대체 왜 낯이 익은 걸까?

적월은 솟아나는 의구심에 슬쩍 몸을 뗀 채로 계속해서 아래쪽의 사내를 살폈다.

객잔 안을 휘둘러본 사내의 발걸음이 주인장에게로 향했다.

객잔 주인에게 다가간 사내가 입을 열었다.

"오늘 저를 찾아온 사람은 없습니까?"

얼굴만큼이나 목소리 또한 맑다.

하지만 그보다 적월은 사내가 내뱉는 말에 귀를 기울였다.

사내의 물음에 객잔 주인은 익숙하다는 듯이 뒤편을 가리키며 대꾸했다.

"저분들이 적 소협을 뵙고 싶다고 찾아오셨습니다."

객잔 주인의 말에 다시금 고개를 돌린 사내가 앉아 있는 무인들을 하나씩 바라봤다. 사내가 시선을 돌리자 앉아 있던 무인들이 모두 자리에서 일어나 인사를 건네며 말을 걸어오기 시작했다.

사방에서 살갑게 다가오는 모습에 적월은 위에서 자신도 모르게 실소를 머금었다.

뻔히 보였기 때문이다.

비사문을 박살 낸 젊은 영웅을 등에 업고 자신들 또한 이름을 알리고 싶은 욕심이.

하지만······.

사내는 다가오는 모두의 말을 싹 무시한 채로 고개를 돌려 객잔 주인을 다시금 바라봤다.

객잔 주인이 사내의 속내를 눈치채고는 말했다.

"오늘도 찾으시는 분이 없으신 모양입니다."

"아쉽게도 그렇군요."

사내가 말했다.

"내일 저녁에 또 찾아오죠. 부탁드립니다."

"다시 나가시려는 겁니까?"

"예, 해야 될 일이 있어서요."

말을 마친 사내는 짧은 인사를 건네고는 객잔 바깥을 향해 걸어갔다.

그리고 그 모습을 보고만 있던 적월도 자리에서 일어났다.

사내가 바깥으로 걸어 나가는 동안 무인들이 말을 걸어왔지만 이번에도 마찬가지였다.

사내는 그들을 무시한 채로 객잔 문을 열고 바깥으로 걸어 나갔다.

문을 열어젖힌 사내는 얼굴에 떨어지는 차가운 물방울을 느꼈다.

후둑, 후둑.

조금씩 빗방울이 떨어져 내리기 시작했다.

사내는 살짝 인상을 찡그렸다.

그렇지만 이내 어쩔 수 없다는 듯이 사내는 객잔 옆에 난 좁은 길로 들어섰다.

객잔에서 나선 지 얼마 되지 않아 얇았던 빗줄기가 점점 굵어지기 시작했다.

쏴아아!

한두 방울씩 떨어져 대던 비가 폭우가 되어 쏟아져 내린다. 가을에 내리는 것이라 생각하기 어려울 정도의 폭우다.

사내는 손을 들어 쏟아지는 비에게서 얼굴을 가리며 발걸음을 빨리했다.

막 사내가 좁은 골목의 중간 지점쯤 왔을 때였다.

"이봐."

갑작스레 들려온 목소리에 사내가 발걸음을 멈췄다. 누군가가 뒤에서 자신을 불렀다.

문제는 이토록 거리를 좁혔음에도 불구하고 알아차리지 못했다는 것이다.

사내가 고개를 돌렸다.

그리고 그곳에는 죽립을 눌러 쓴 적월이 서 있었다.

사내가 뭐냐는 듯한 표정으로 적월을 바라봤다. 하지만 그러면서도 자연스레 손은 허리춤에 있는 검집으로 옮겼다.

상대가 누군지에 따라 당장이라도 발검이라도 할 기세다. 검집에 손을 가져다 댄 사내를 적월은 말없이 바라봤다.

빗물이 사내의 얼굴을 타고 흘러내린다.

사내의 머리카락도 빗물에 젖어 얼굴에 딱 하고 달라붙

었다. 그리고 비를 머금은 옷들 또한 매한가지였다.

옷은 몸의 굴곡이 드러날 정도로 흠뻑 젖어 있었다.

적월은 왠지 모르게 사내에게서 묘한 색기가 흐른다는 생각이 들었다. 비에 젖어 얼굴에 달라붙은 머리카락, 그리고 너무나 가녀려 움켜잡는 것만으로 부서질 것만 같은 몸.

하지만 이내 사내에게서 그런 기분이 들었다는 것이 불쾌하다는 듯이 적월은 퉁명스럽게 말했다.

"네가 적 소협이냐?"

"그런데, 당신은?"

"흐음, 적 소협이라는 자가 이토록 유약해 보이는 자일 줄은 몰랐군."

"싸우러 온 것이냐?"

스르릉.

말과 함께 아래로 향한 검집에서 자연스레 검이 반쯤 빠져나온다.

빗줄기가 검신을 두드려 대며 사방으로 묘한 소리를 터트린다.

퉁퉁.

둘의 거리는 고작 이 장.

고수의 싸움에서 이 정도의 거리는 눈 깜짝할 사이에

좁혀진다.

상대와 어느 정도 거리가 있다 생각하여 방심하다가는 단번에 목이 날아가도 이상할 것이 없는 상황이라는 소리다.

적월은 죽립을 슬쩍 고쳐 쓰며 옆쪽으로 발걸음을 옮겼다.

좁은 골목길, 옆으로 움직이는 것은 수월치 않다.

장정 둘이 동시에 걷기도 힘들 정도로 좁은 길, 아무래도 베는 것이 강점인 도보다는 찌르기에 용이한 검이 유리하다.

적월은 요란도조차 뽑지 않았다.

오히려 이런 좁은 공간에서는 도를 들게 되면 방어에만 급급하게 될 수도 있다. 아직 상대가 명객이라는 확신이 없기에 적월은 그저 주먹만으로 사내를 상대하려는 것이다.

주먹을 움켜쥔 채로 적월이 입을 열었다.

"어디 비사문을 박살 낸 그 실력 좀 볼까? 만약 엉망이라면 절대 용서 안 한다."

"네놈이 누군데 용서를 하고 말고 한다는 거야?"

"글쎄."

말을 마친 적월의 몸이 순식간에 달려 나갔다.

첨벙.

물방울들이 사방으로 튕겨져 나간다. 동시에 적월의 주먹이 허공을 갈랐다.

피잇!

주먹보다 먼저 떨어져 내리던 빗방울들이 권풍에 휘말리며 밀려든다.

적월의 주먹을 마주한 사내가 깜짝 놀라 검을 세우며 날아드는 공격을 받아 냈다.

퍼엉!

검을 들어 공격을 받아 냈지만 힘의 차이가 너무 났다.

가벼운 체중의 사내는 훌훌 날듯이 뒤로 몸을 날려야만 했다.

뒤로 날아간 사내가 물웅덩이 위로 떨어져 내렸다.

그리고 동시에 사내의 발이 물웅덩이를 걷어찼다.

파악!

흙이 잔뜩 뒤섞인 물이 적월의 얼굴로 날아들었다.

그 일격에 적월의 입꼬리가 자신도 모르게 올라갔다.

'어쭈?'

이런 공격으로 치명상을 노리는 것은 아닐 터, 그렇다면 상대가 노리는 것은 바로 이다음 공격이다. 더군다나 흙이 뒤섞인 물이 눈에라도 들어간다면 한순간이지만 시야가 뿌옇게 변하는 것은 당연하다.

적월은 날아드는 흙과 뒤엉킨 물의 뒤편을 바라봤다. 그리고 예상대로 그곳에서는 쇄도하고 있는 사내의 모습이 눈에 들어왔다.

꼿꼿이 세운 검이 모습을 감춘 채로 다가오고 있다.

적월은 바로 몸을 비틀며 손을 들어 올렸다.

팍!

적월의 공격에 사내의 손이 위로 튕겨져 올랐다.

바로 그 때 아래쪽에서 날아드는 발이 정확하게 적월의 회음혈(會陰穴)을 노리고 날아들고 있었다.

너무나 은밀하고 치명적인 공격이었지만 상대는 아쉽게도 적월이었다.

날아드는 발에 맞춰 적월은 무릎을 들어 올렸다.

쩌엉!

뼈와 뼈가 충돌하며 섬뜩한 소리가 퍼져 나갔다. 그리고 그 일격에서 밀려난 것은 체구도 내력도 모자란 사내 쪽이었다.

"으윽."

고통스러운지 미간을 살짝 찌푸리면서 사내가 뒤로 엉거주춤 물러섰다. 하지만 고운 얼굴에 새겨진 독기만큼은 여전히 사라질 줄을 몰랐다.

적월은 슬쩍 상대를 훑어봤다.

생각과는 너무 다른 싸움 방식을 구사한다.

하는 행동이나 행색으로 봐서는 정파의 무인. 그런데 싸우는 방식에 격식이 없다.

공격을 가할 때 흡사 파락호처럼 어떠한 짓이든 서슴지 않는다.

적어도 정파의 무인이라면 흙탕물을 튕긴다거나, 망설이지 않고 회음혈에 발을 들이밀지는 않을 게다.

'뭐 하는 놈이지?'

낯이 익은데 기억이 나지 않는 걸 보고 아주 오래전 있었던 만남과 관련되지 않았을까 생각했다. 물론 그 오래전의 만남이란 전생을 이야기하는 것이다.

마교 시절 따르던 수하들 중 누군가의 자식이 아닐까 하는 생각도 들었다.

하지만 아니다.

이자의 몸에서 풍기는 기도는 결코 사파의 것이 아니었다.

정순한 기운이 몸 주변에 넘실거린다.

"흐음."

적월은 짧게 콧소리를 냈다.

상대가 누구인지 궁금증이 치밀었다.

하지만 손을 몇 차례 섞어 보니 적월은 상대가 그리 강하지 않다고 판단했다.

바로 그 때 무릎 때문에 얼굴을 찌푸리고 있던 사내가 말했다.

"허리춤에 있는 도는 안 꺼낼 생각이야?"

"이런 장소에서 꺼내서 휘두르긴 조금 힘들어서 말이야."

"그래서 주먹으로 하겠다고?"

"응."

"……."

말없이 적월을 바라보던 사내가 갑자기 허리춤에 검을 집어넣었다.

그러고는 자신 또한 주먹을 말아 올렸다.

그 모습을 본 적월이 어처구니없다는 듯이 말했다.

"아서라. 검은 들어야 내 상대가 될 것 같은데."

"그건 해봐야 알겠지."

말을 마친 사내가 이번에는 먼저 치고 들어왔다.

땅을 밟으며 몸을 비트는 사내의 팔꿈치가 정확하게 적월의 명치를 노렸다.

그저 가벼운 박투술로 보였지만 결코 그렇지 않았다. 전신에 가득 담긴 내력이 팔꿈치로 향해 있었으니까.

적월은 날아드는 팔꿈치를 옆으로 힐끔 피해 내며 재빠르게 어깨로 상대방의 어깨를 밀어냈다.

"큭!"

애초부터 박투술을 벌일 때부터 승패는 정해졌다.

박투술에서 신장의 차이는 무척이나 크다. 그리고 적월은 그런 이점을 놓칠 정도로 어수룩한 상대가 결코 아니었다.

어깨끼리 부닥쳤거늘 적월은 멀쩡하고 상대만 균형이 흐트러졌다.

적월의 손바닥이 바로 날아들었다.

내력이 담긴 손바닥이 붉게 물들었다.

유령마환장(幽靈魔幻掌)이라 불리는 마교의 이름난 무공이다.

순간 붉게 물든 적월의 손에서 양강의 기운이 쏟아져 나간다.

어느 정도 상대를 궁지에 몰았다 생각했고, 그랬기에 펼친 일장이다. 이 정도면 어느 정도 타격을 주거나 제압도 가능하다 생각했다.

그렇지만 상대는 적월이 생각하는 것만큼 만만한 자가 아니었다.

균형이 무너지던 사내는 날아드는 장력을 보며 몸을 팽

이처럼 회전시켰다. 그러고는 이내 반탄력을 이용해 몸을 튕기며 마찬가지로 손바닥을 휘둘렀다.

파라락!

강맹한 적월의 장력과 다르게 사내의 것은 무척이나 유했다.

바람에 흔들리는 버들나무를 연상케 하는 장력이 순식간에 밀려 나온다.

퍼엉!

폭발이 일어났다.

그리고 적월은 자신의 유령마환장을 잡아먹으며 날아드는 새하얀 장력을 눈으로 봐야만 했다.

전력을 다한 것은 아니었지만 그래도 이 정도면 충분하리라 생각하고 방출한 내력이었다. 그런 자신의 공격을 상대가 막아 낸 것이다.

적월이 반대편 손을 휘둘렀다.

날아드는 장력이 허공으로 방향이 틀어졌다.

장력을 흘려 보낸 적월이 한결 신중해진 표정으로 사내를 바라봤다.

'제법인데.'

나이가 그리 많아 보이지 않는다. 그럼에도 불구하고 이 정도의 무공은…….

적월은 힐끔 옆을 바라봤다.

이번 격돌로 인해 양옆에 있던 골목길의 돌벽들도 무너져 내렸다.

인정해야겠다.

처음 손을 겨루며 너무 쉽게 우위를 점해 상대를 얕봤다. 그렇지만 이자는 결코 애송이가 아니다.

하나 상대에 대해 놀란 것은 비단 적월뿐만이 아니었다.

"당신…… 누구야?"

사내는 적월보다 더욱 심하게 놀란 눈치였다. 자신이 펼쳐 낸 비장의 일격을 너무나 쉽게 쳐 버린 적월의 무위에 놀라 버렸기 때문이다.

적월은 대답 대신 한 걸음 내디뎠다.

질퍽거리는 땅, 그리고 쏟아져 내리는 빗방울.

적월이 자세를 취했다.

상대가 누구인지 모르겠다.

하지만 그랬기에 더욱 빨리 이 싸움을 끝내고픈 마음이 든다. 놈의 정체는 쓰러트린 그 이후에 캐내면 될 일이니까.

"시간을 너무 끌었군."

"피차일반이야."

지지 않겠다는 듯이 사내가 대꾸했다.

둘은 주먹을 쥔 채로 상대방을 응시했다.

쏴아아.

쏟아지는 빗줄기 속에서 둘은 서로를 바라만 봤다. 적월은 기분이 썩 나쁘지 않았다. 원래 이토록 축축한 것은 그리 좋아하지 않지만 지금만큼은 묘하게 기분이 들떴다.

마주하고 있는 상대의 두 눈동자가 자신만을 바라보고 있다.

그것도 전의만이 가득한 상태로.

'제법 좋은 눈이야.'

훌륭한 무인이 될 법하다.

물론…… 오늘 적월 자신에게 죽지 않을 자라면 말이다.

둘 중 그 누구도 먼저 움직이지 않았다.

적월은 이 대치하는 상태가 마음에 들어서였고, 사내는 적월에게서 빈틈을 찾을 수 없었기 때문이었다.

그런 둘의 대치 상태를 깨 버린 것은 떨어져 내리는 빗방울이었다.

투두둑.

연신 떨어져 내리는 강인한 빗방울이 적월의 죽립을 계속해서 두드려 댔다. 오랜 시간을 대치한 채로 비에 노출되고 있자 죽립이 점점 기울기 시작했다. 그리고 이내 기울기 시작한 죽립이 적월의 시야 일부를 살짝 가렸을 때였다.

사내는 그 기회를 놓치지 않았다.

나이는 그리 많지 않지만 수많은 경험으로 쌓아 온 감각이 지금이라고 외친 것이다.

사내는 물 위를 박차고 날아올랐다.

물 위를 밟고 지나갔거늘 조그마한 파문조차 일지 않는다.

절정의 경지에 오르지 않았다면 구현해 낼 수 없다는 수상비(水上飛)다.

거리를 좁힌 사내는 측면으로 돌아 들어가며 손을 휘둘렀다.

내공이 둘러진 손은 날카로운 칼과 진배없었다. 사각을 잡았다는 자신감으로 휘두른 공격이 적월을 베고 지나갔다.

파악!

적월의 신형이 반으로 갈라진다.

하지만 사내는 만족한 웃음을 머금지 못했다. 손에 느껴지는 감각이 아무런 것도 없다. 지금 벤 것은 그저 허상에 불과했다.

'이형환위(以形換位)!'

적월의 신형이 사라졌다.

사내는 직감적으로 적월의 몸이 뒤로 향했음을 알아차렸다. 그러고는 황급히 몸을 돌렸다. 그리고 예상대로 적월은 사내의 뒤를 점하고 있었다.

놀란 사내가 손을 들려고 할 때였다.

그 틈을 파고든 적월의 손이 사내의 가슴팍을 뜯어내기라도 할 듯이 움켜잡았다.

그런데…….

물컹.

손안에 들어차는 이상한 감각에 적월은 멈칫해 버렸다. 너무나 부드러운 무엇인가를 만지는 순간 적월은 처음으로 당황해 버렸다.

"어어?"

가슴을 잡힌 상대가 얼굴을 붉히며 이를 꽉 깨물었다.

"이익!"

휘둘러진 주먹을 피하며 발을 걸자 사내는 균형이 무너져 내렸다.

그리고 바로 그 순간 적월의 손이 사내의 머리카락을 묶고 있는 끈으로 향했다.

타악.

머리 끈을 잡아떼며 적월은 사내의 등을 그대로 손으로 밀어 버렸다.

철푸덕.

완전히 균형을 잃어버린 사내가 웅덩이에 처박혔다.

정체를 들켰다는 사실에 너무 성급하게 달려들어 버렸다.

그리고 그 탓에 너무도 쉽게 당해 버렸다. 치명적인 공격을 할 수 있는 상황이었지만 적월은 상대를 공격하지 않았다.

애초부터 공격을 가할 거였다면 그 전에 손을 썼을 것이다.

머리 끈을 옆으로 툭 내던지며 적월이 입을 열었다.

"젠장, 뭐야. 사내놈이 아니었냐?"

웅덩이에 처박힌 상대는 놀랍게도 사내가 아니었다.

적월은 손에 남은 미묘한 감각에 떨떠름한 표정을 지어 보였다.

바닥에 처박혔던 사내인 줄 알았던 여인이 고개를 확 돌리며 적월을 올려다봤다.

흙이 잔뜩 묻어 얼굴을 알아보기 힘들었지만 머리까지 풀어 헤치니 여인이라는 것은 더욱 쉽게 알 수 있었다.

매서운 두 눈으로 적월을 올려다본 여인의 눈동자가 흔

들렸다.

바닥에 쓰러진 채로 올려다보았기에 죽립에 가려졌던 적월의 얼굴이 고스란히 드러났기 때문이다.

여인이 떨리는 목소리로 입을 열었다.

"당신이었군요."

"……?"

적월은 자신을 안다는 듯이 말하는 그 여인을 그저 물끄러미 바라봤다.

마치 누구냐는 듯이 말이다.

하지만 둘 모두 아무런 말도 없이 그저 상대방을 바라만 볼 뿐이었다.

쏴아아.

계속해서 쏟아지는 빗물이 더럽혀진 여인의 얼굴을 천천히 씻겨 주었다.

갸름한 얼굴선을 타고 더러운 흙들이 서서히 떨어져 내렸다.

그리고 이내 빗물은 새하얀 그녀의 얼굴을 천하에 드러내 주었다.

여인과 정면으로 얼굴을 마주한 적월의 표정이 서서히 변했다.

"넌……."

"오랜만이에요. 절 기억해요?"

어찌 모를 리가 있겠는가.

화룡검문 문주였던 설리표의 무남독녀 외동딸, 그리고 적월의 약혼녀인 여인.

설화가 이곳에 있었다.

잠시 놀랐던 적월은 이내 표정을 굳히며 말했다.

"뭐야? 네가 왜 여기 있어? 아니, 그보다 왜 네가 남장을 하고 내 흉내를……."

말을 이어 가던 적월은 말을 멈췄다.

흙바닥을 뒹굴며 엉망이 된 설화의 행색 때문이다. 쏟아지는 비는 그녀의 옷을 더욱 몸에 달라붙게 만들고 있었다.

적월은 하늘을 올려다봤다.

비는 쉬지도 않고 쏟아져 내렸다.

그리고 이 두터워진 빗줄기는 언제 그칠지 모를 지경이다.

이야기를 하기에 별로 좋은 장소는 아닌 듯싶다.

적월은 입고 있던 장포를 휙 집어 던졌다. 그러고는 짜증이 가득 담긴 목소리로 말했다.

"따라와."

설화를 데리고 걷던 적월은 우선 근방에 있는 아무 객잔에나 들어섰다. 여인의 모습을 한 설화를 알아보는 이는 아무도 없었다.

적월은 객잔에 들어서자마자 방과 함께 씻을 물을 부탁했다.

객실이 있는 이 층에 오르자마자 설화에게 간단하게 씻고 오라는 말만 남긴 적월은 자신의 방으로 들어섰다.

적월은 젖은 옷을 입은 채로 침상에 걸터앉았다.

생각지도 못했던 재회. 그녀를 본 것은 부모님 곁을 떠나던 이 년 전이 마지막이었다.

당시 설화는 죽어 버린 설리표 때문에 반쯤 제정신이 아니었다.

그때 헤어지면서 다시는 만날 일이 없을 거라 생각했다. 둘의 인연은 거기서 끝이라고만 생각했다.

한데 그런 적월의 생각이 틀렸다.

다시 만날 일 없을 거라 생각했던 설화를 이곳에서 만났다. 그것도 설화 그녀가 적월을 이곳으로 오게끔 만든 것이다.

대체 무슨 꿍꿍이로 그런 짓을 벌였는지는 모르겠지만 그것은 캐물으면 곧 알 수 있는 일이다. 그리고 이내 문이 열리며 적월이 기다리던 설화가 방 안으로 들어섰다.

깨끗하게 씻은 설화는 이 년 전보다도 더욱 아름다워져 있었다.

청조하고 여인의 아름다움까지 동시에 풍기는 설화의 외모는 뭇 사내들의 가슴을 설레게 하기 충분해 보였다.

객잔에서 그녀를 봤을 때 바로 알아차리지 못한 게 이상할 정도로 아름답고 특출한 외모다.

적월이 침상에서 일어나며 입을 열었다.

"남장을 했다 해도 어떻게 처음 봤을 때 몰라봤는지 모르겠군. 역용술이라도 펼쳤던 거냐?"

"맞아요. 코와 눈언저리를 역용술을 이용해 살짝 바꿨죠."

기본 틀은 건드리지 않았다.

아마 그랬다면 적월 정도 되는 고수였다면 당장에 상대방이 역용을 했다는 것을 알아차렸을 게다. 그만큼 미세하게 변화를 시킨 탓에 적월 또한 알아차리지 못한 것이다.

남장을 하고 살짝 변화를 주었을 뿐이거늘 적월은 설화를 단번에 알아차리지 못했다. 물론 그녀를 다시 볼 거라고 생각해 본 적이 단 한 번도 없었기 때문에 알아보지 못한 것일지도 모른다.

그리고 또 다른 이유가 있었다.

그것은 바로, 설화에게서 풍기는 분위기가 변한 탓이다.

예전의 그녀는 꽤 밝고 여유가 넘쳤다.

어찌 보면 쾌활하다는 느낌까지 풍겼던 여인. 하지만 지금 눈앞에 있는 설화에게서는 예전에 받았던 그런 느낌은 전혀 느낄 수가 없었다.

표정 없는 얼굴에서는 냉기가 뚝뚝 떨어지는 것만 같다.

설리표가 죽은 그날 이후 어떤 삶을 살아왔는지 굳이 듣지 않아도 알 수 있었다.

적월은 단도직입적으로 물었다.

"무슨 생각이냐?"

"뭐가요?"

"몰라서 물어? 왜 내 흉내를 내고 다녔냐 이거야. 그리고 어떻게 날 안 거지?"

궁금한 것이 한두 개가 아니다. 하지만 가장 먼저 알아야 할 것들에 대해 물었고, 설화는 그것에 대해 감정이 느껴지지 않는 목소리로 대답했다.

"어떻게 알아냈는지부터 말하죠. 비사문을 노리는 건 당신뿐만이 아니었어요. 놈들은 내 원수이기도 했으니까요."

말을 하는 설화의 얼굴에는 섬뜩한 살기가 머물렀다.

어찌 보면 적월보다 더욱 깊게 비사문에게 원한이 있는 것은 바로 설화일 것이다.

적사문은 그나마 목숨이라도 부지했지만 설리표는 목이 잘렸다.

그리고 그 목이 딸인 설화의 눈앞에서 굴러다녔다.

설화가 말을 이어 나갔다.

"그러던 중에 비사문이 박살 났다는 말을 들었어요. 화가 났죠. 그들이 죽음에 내가 아무런 것도 하지 않았다는 사실에 미칠 것만 같았으니까요. 하지만 이내 이런 의문이 들더군요. 누가 혼자서 비사문을 부쉈을까? 그것도 젊은 사내 중에 그럴 만한 자가 과연 흔할까요? 제 머릿속에 단 한 사람만이 생각나더군요."

"그게 나다?"

"그래요. 적월 당신이 아니면 그 누가 비사문을 찾아서 이렇게 부숴 버리겠어요?"

"좋아, 내 정체를 어떻게 안지는 알겠어. 그럼 대체 왜 내 흉내를 내면서까지 날 이곳으로 오게 한 건데?"

가장 중요한 문제는 바로 그것이었다.

적월은 도통 설화가 자신을 만나려고 한 이유를 모르겠다.

비사문을 혼자서 부순 것에 대해 불평이나 토로하자고 부른 것은 절대 아닐 것이다.

분명 어떠한 이유가 있어서 이 같은 일을 벌인 것일 텐데…… 그걸 모르겠다.

설화가 잠시 말을 멈추고 적월을 바라보다 이내 천천히 입을 열었다.

"제 손으로 직접 승상 주천영을 죽이고 싶으니까요."

적월은 설화의 말에 표정을 굳혔다.

승상 주천영은 실질적인 이 나라의 주인이다. 황제조차 그의 눈치를 보는 것이 지금의 황실. 그런 그를 지금 설화 본인이 죽이고 싶다는 것이다.

적월이 고개를 저었다.

"무리야. 주천영은 수십만에 달하는 대군(大軍)을 좌지우지할 힘이 있는 자다. 그런 자를 어떻게 죽이겠다는 거냐."

"당신의 말대로예요. 제아무리 뛰어난 무인이라고 해도 황궁에 있는 주천영을 죽일 수 없다는 걸 잘 알아요. 하지만 당신이라면…… 당신의 그 힘이 있다면 가능하죠."

설화가 말하는 그 힘이 무엇인지 적월은 잘 알고 있었다.

적사문이 크게 다치고 설리표가 죽은 바로 그날이다.

그때 적월은 설화가 보는 앞에서 천왕문의 문을 열어 버렸다.

쏟아지던 요괴들…… 설화가 말하는 것은 그것이다.

설화가 적월의 두 눈을 응시하며 입을 열었다.

"당신의 그 괴이한 힘을 나에게도 전수해 줘요."

"안 돼. 이건 인간이 쓸 수 있는 힘이 아니야."

적월은 딱 잘라 말했다.

천왕문은 적월 또한 염라대왕의 특별한 허락을 받아 열수 있는 것이다. 그것도 세 번이라는 제한된 한도 안에서말이다.

적월의 말에 설화가 한결 흐려진 안색으로 말했다.

"역시…… 그런가요. 그럼 하나만 물을게요. 당신은 그럼 주천영 그자를 그냥 용서할 생각이에요?"

"큭큭, 뭐? 용서?"

적월은 코웃음을 쳤다.

원한은 결코 잊지 않는다. 그리고 그 갑절 이상으로 갚아 줘야 속이 풀린다. 아직은 주천영을 죽일 수 없지만 언젠가 기회가 올 것이다. 그리고 적월은 그 순간을 기다리고 있다.

적월은 자신을 바라보는 설화의 눈을 똑바로 응시한 채로 목소리에 힘을 주어 대답했다.

"난 용서 같은 거 안 해. 똑똑히 들어. 그놈은 죽을 거야, 바로 나한테."

그리고 바로 그때 설화가 기다렸다는 듯이 고개를 끄덕이며 말을 받았다.

"네, 바로 그거예요. 그게 제가 당신을 찾은 이유죠."

"뭐?"

"지금 스스로 말했잖아요. 당신은 승상 주천영을 죽일 가능성이 있는 세상 유일한 사람이에요. 그리고 또 당신은 그를 용서할 생각도 없죠. 그럼 제가 주천영을 죽이기 위해서는 어떻게 해야 할까요. 당연히 당신 옆에 있어야겠죠?"

"그래서 지금 내 옆에 있기 위해 가짜 흉내를 내며 이곳까지 날 불렀다는 거야?"

"맞아요."

설화는 서슴없이 대답했다.

마치 아무런 감정도 없는 인형이 눈앞에 있는 듯하다. 중간 중간 살기를 쏟아 낼 뿐, 그 외에는 전혀 감정의 동요가 보이지 않는 설화는 분명 적월이 알던 예전의 그녀가 아니었다.

적월은 그런 설화를 향해 피식 웃었다.

"제법 머리를 썼네. 그래, 네 말대로야. 승상 주천영을 누군가가 죽인다면 그건 나쁜이겠지. 그리고 내 이름을 아는 몇 안 되는 사람 중 하나가 너니 이런 방법을 써서 날 유인하는 것까지는 좋았어. 하지만 그 좋은 머리로 가장 중요한 문제가 남았다는 건 생각 안 해 봤어?"

"당신이 나를 받아 주지 않을 수도 있다는 거요?"

"그래, 바로 그거야. 안됐지만 난 너와 함께할 생각이 눈곱만큼도 없어. 왜 내가 도움도 안 되는 너와 같은 편이 돼야 하는지 이해 좀 시켜 주지그래? 너와 손을 잡아서 내가 뭘 얻을 수 있는데?"

득이 된다면 같은 편으로 끌어들일 수도 있다.

굳이 혼자서 해야만 하는 일은 아니었으니까.

오히려 도움이 되어 줄 사람이 많다면 그만큼 적월이 번거로운 일을 피할 수 있으니 환영을 해 줄 수도 있다.

그 예로 바로 살문 문주 초운학이 그러했다.

그는 적어도 적월에게 도움이 되어 주는 자였다. 그랬기에 적월은 초운학과 손을 잡았다. 그것은 당연한 일이고, 앞으로도 도움이 되는 자라면 같은 편으로 끌어들일 의향도 충분히 있었다.

하지만 설화는 아니었다.

설화는 오히려 적월의 비밀을 알고 있는 세상에서 몇 안 되는 사람, 물론 그 자세한 속내까지는 알지 못하지만 그것만으로도 충분히 껄끄러울 수도 있다.

그리고 그녀가 적월에게 그 어떠한 도움도 될 것 같지 않은 것이 가장 결정적인 이유다.

설화가 말했다.

"저한테는 화룡검문이 있어요. 비록 지금은 많이 축소되긴 했지만 몇몇의 사람들이 명목을 유지하고 있죠. 필요하면 그들이……."

"관심 없어."

적월은 단번에 말을 잘랐다.

물론 휘하에 무인들이 있다는 건 좋은 일이다. 화룡검문의 무인들이라면 그 실력들도 일정 수준 이상도 될 것도 알고 있다.

하지만 아무도 믿지 못하는 지금 알지도 못하는 그들과 무엇인가를 도모할 생각은 전혀 없다. 더군다나 적월이 상대해야 하는 것은 보통 인간이 아닌 명객이라는 존재들이다.

화룡검문의 무인들이 그들과의 싸움에서 얼마나 도움이 될지도 모르겠다.

그랬기에 설화가 제시한 패는 적월의 구미를 당기지 못했다.

적월은 무엇인가를 더 말하려는 설화의 얼굴 앞으로 고

개를 들이밀었다. 적월의 갑작스러운 행동에 설화가 뒤로 물러서려고 할 때였다.

덥석.

적월의 두 손이 설화의 양쪽 어깨를 움켜잡았다.

그 탓에 설화는 움직이지도 못한 채로 적월과 고개를 마주해야만 했다.

마주한 얼굴, 놀란 것이 분명한데도 여전히 표정의 변화가 없다.

그런 설화의 두 눈을 똑바로 바라보며 적월이 입을 열었다.

"예전 너와의 인연을 생각해서 날 이곳까지 오게 한 건 용서하지. 하지만 이번뿐이야. 또 다시금 무슨 잔꾀를 부려 나를 이런 식으로 부른다면…… 그땐 용서 안 해."

"왜죠? 적어도 혼자보다는 둘이 낫다고 생각하는데요."

"네가 나한테 도움이 될지 안 될지는 내가 판단하고 내가 정해. 하지만 지금 네가 내민 패는 그다지 내게 필요한 것 같지 않아서 말이야."

말을 마친 적월은 붙잡고 있던 설화를 휙 밀쳐 버렸다.

뒤로 몇 걸음 비틀거리며 물러선 그녀의 옆으로 적월은 매몰찰 정도로 빠르게 스쳐 지나갔다.

객잔 방문을 열어젖힌 적월이 귀찮다는 듯이 고갯짓을 하며 말했다.

"할 말 다 했으면 이만 나가. 먼 길 왔더니 피곤하군."

"……주천영에게 복수를 하기 위해 내가 어떤 삶을 살아왔는지 알아요?"

"몰라. 그보다 내가 너에게 충고 하나 할까?"

적월은 설화를 똑바로 바라봤다.

설화는 아무런 대답도 하지 않았다. 그런 그녀를 향해 적월이 입을 열었다.

"그냥 멀리 떠나. 그리고 아무도 널 모르는 그런 곳에서 그렇게 조용히 살아. 그게 너에겐 더 행복할 거다."

적월의 말에 설화의 두 눈동자가 파르르 떨렸다. 그러고는 냉기가 도는 얼굴로 적월을 바라보며 입을 열었다.

"행복이요? 그렇게 아버지가 죽는 걸 보고 그냥 행복하게 사는 게 가능할 거라고 생각해요? 잊었어요? 멍청하게 주저앉아 있지 말고 복수를 하는 게 훨씬 현명할 거라고 말한 건 적월 바로 당신이에요."

"맞아, 그랬었지."

적월 또한 기억하고 있다.

설리표의 죽음에 넋을 놓고 있던 설화의 정신을 차리게 하기 위해 했던 말이다. 물론 그때 한 말이 틀리다고 생각하지는 않는다.

다만, 상대가 좋지 않을 뿐이다.

수십만의 대군이 지키는 주천영, 적월 또한 그러했기에
당장 어쩌지 못하는 상대이기도 하다.

적월은 딱 잘라 말했다.

"하지만 그것도 상대 나름이지. 네가 죽이려 하는 자는
다름 아닌 승상이다. 아마도 그를 죽이기 위해서는 오랜
시간이 걸리겠지. 언제가 될지 모를 복수의 날까지 널 데
리고 다닐 수는 없잖아?"

말을 마친 적월은 더는 할 말 없다는 듯이 손으로 문을
툭툭 두드렸다.

어서 나가라는 무언의 신호다.

설화가 입술을 깨물며 적월을 올려다봤다.

"포기하지 않을 거예요. 예전의 저를 생각하고 있다면
오산이에요. 이 년이라는 시간 동안 저 또한 많이 변했으
니까요."

"굳이 듣지 않아도 알고 있어."

어찌 모르겠는가.

풍기는 분위기나 표정뿐만이 아니다.

목각인형처럼 변해 버린 것도 놀라웠지만 그보다 더욱
적월을 당황하게 했던 것은 아까 전 객잔 밖에서 싸움을

벌일 때였다.

예전의 설화가 아니었다.

설화의 무공은 천하에서 손꼽히던 고수 설리표의 것이다. 그리고 설리표의 무공은 예의와 격식을 지닌 정종무공이다.

하지만 적월이 본 설화의 무공은 결코 그렇지 않았다.

싸움 중에서도 느꼈던 흡사 파락호를 연상케 하는 싸움 방식.

무공이나 내공 자체는 설리표의 것을 그대로 이었지만 싸우는 방식은 그 틀을 벗어 버렸다.

그 말이 무엇인가?

설화의 싸움 방식은 그저 듣거나 익힌다고 되는 것이 아니다.

직접 싸움판을 구른 자에게나 가능한 일이다.

고작 이 년 만에 이토록 변해 버린 것은 그 시간 동안 그 정도로 많은 싸움을 벌여 왔다는 거다.

적월이 설화를 보며 말했다.

"싸움판을 전전했겠지. 허례허식을 버리고 실전에 맞는 무공으로 갈고닦기 위해서."

"맞아요. 그러기 위해서 전 많은 것을 버렸죠."

말을 마친 설화는 양쪽 소매를 걷어 올렸다.

드러난 그녀의 팔에는 잔부상들이 가득했다.

여인이라면 분명 감추고 싶은 상처. 하지만 설화는 오히려 그것들을 자랑스레 내보였다.

설화가 말을 이었다.

"제 무공은 아버지의 것을 이어받아 훌륭했지만 전 그렇지 못했어요. 경험이 미숙했죠. 그래서 싸움이 벌어지는 곳곳마다 끼어들어서 실전을 경험했어요. 그러기 위해 가장 먼저 해야 되는 게 뭔지 알아요?"

"……?"

"여자를 버려야 해요."

말을 마친 설화가 손으로 얼굴을 가렸다가 천천히 뗐다. 그곳에 있는 것은 아까 전에 보았던 그 사내의 얼굴이었다.

적월은 그제야 알았다.

처음부터 자신의 흉내를 내려고 역용술을 펼친 게 아니라 애초부터 그녀는 사내의 모습을 하고 지내고 있었다는 것을.

적월은 의외라는 듯이 물었다.

"여태 남자로 지낸 건가?"

"한 일 년 반쯤 됐죠. 여자의 몸이면 싸움이 나는 곳에 끼기도 힘들고 모두가 무시하기 일쑤니까요. 덕분에 상처는 많이 입었지만 그와 비교할 수 없는 귀중한 경험들을 얻었어요."

적월이 상상하는 것 이상으로 설화는 수많은 싸움을 경험했다.

심지어 그녀는 북방으로 올라가 이민족들과의 전쟁에 끼기도 했을 정도다.

그런 경험과 설리표의 죽음이 지금의 설화를 이토록 변하게 만들어 버린 것이다.

설화가 말을 이어갔다.

"신분을 위장한 채로 싸움터를 계속 전전했어요. 그리고 지금도 무림맹 소속의 무인으로 싸움이 벌어지는 곳을 돌며……."

"잠깐, 무림맹 소속의 무인?"

적월이 설화의 말을 자르며 끼어들었다.

그건 다름 아닌 설화의 말 속에서 적월의 마음을 동하게 하는 것이 있었기 때문이다.

갑작스러운 적월의 행동에 설화가 왜 그러냐는 듯이 바라보고 있을 때였다.

적월이 잠시 턱을 어루만지며 뭔가를 생각하다 이내 입을 열었다.

"무림맹 소속의 무인이라면 위치가 어느 정도 되냐?"

"갑자기 그건 왜요?"

"묻는 말에 대답이나 해."

적월의 태도에서 무엇인가를 느낀 설화가 대답했다.

"묵혼대(墨魂隊) 이조 조장이에요."

"무림맹 내부에서 네 진짜 정체를 아는 자가 있어?"

"한 분 계시긴 한데 제 아버님과 오래된 친구분이세요. 그분을 제하고는 모두 제가 남자인 줄 알고 제가 화룡검 문과 관련 있는 것조차 몰라요."

"혹시 네 힘을 빌린다면 내가 무림맹에 들어가는 게 가능할까?"

"저 또한 그저 일개 조장이니 높은 신분을 주는 건 무리겠지만 그냥 보통 무인으로 들어오는 것 정도라면 가능해요."

"흐음."

적월이 짧게 고민 섞인 음성을 토했다.

지금 적월의 가장 큰 고민은 다름 아닌 무림맹에 들어가는 것이다.

지독한 악행을 벌인 철련문을 박살 낸 입장으로, 사천당문의 힘을 빌린다면 무림맹에 들어가는 건 어렵지 않다.

그리고 또 잘만 보인다면 한자리 정도 차지하는 것도

불가능한 일은 아니다.

문제는 그것이 껄끄러웠기에 사천당문에서 당한뢰에게
도 이런 부탁을 할지 말지 고민을 했었다는 것이다.

철련문을 박살 낸 게 자신이라 밝히며 들어간다는 건
명객들에게 대놓고 모습을 드러내는 것과 무엇이 다르단
말인가.

그런 식으로 접근한다면 오히려 명객들의 표적이 될 것
이 자명했다.

그렇다고 해서 당한뢰에게 무림맹의 누군가에게 부탁
좀 해 달라고 하기에도 상대가 명객과 관련이 없을지 십
할 자신할 수 없는 것이 사실……

하지만 설화라면 이야기가 다르다.

얼마나 큰 도움이 될지는 자신할 수 없지만 적어도 그
녀가 명객과 전혀 관련이 없을 거라는 건 확신할 수 있었
다.

무림맹 내부에 아는 사람이 하나 있다고는 하지만 설령
그자가 명객과 관련된 자라도 무엇이 상관이겠는가.

설화가 감춘 것은 성별과 정체, 그녀의 존재는 명객과
아무런 연관이 없다.

애초부터 설화라는 존재는 명객에게 전혀 신경 쓰이지
않는 자라는 소리다.

그런 설화를 이용해 무림맹에 들어갈 수 있다면?

사천당문의 힘을 빌리는 것보다는 몇 배는 낫다는 판단
이 든다.

'이거 나쁘지 않겠는데.'

애초부터 높은 신분 따위 원하지 않았다.

오히려 그런 자리에 있다면 다른 이들의 시선을 끌기
마련, 그것은 적월이 임무를 수행하는 데 하등 도움이 되
지 않는다.

설화를 쫓아내기 위해 문을 열어젖힌 채로 서 있던 적
월이 문고리를 잡아당겼다.

탕.

갑자기 문을 닫는 적월을 설화는 가만히 바라보고 있
었다. 적월의 마음이 어딘가가 변했다는 것을 알아차렸기
때문이다.

자신을 바라보는 설화를 향해 적월이 피식 웃으며 입을
열었다.

"운이 좋네, 너…… 아주 조금은 쓸모가 있을 것 같
아."

第四章
목각인형

사람은 변해요

  적월과 설화가 탄 말들이 관도를 가로지르고 있었다.
두 필의 말이 땅을 박차며 일어나는 흙먼지가 주변을 어
지럽힌다.

  "이랴!"

  적월의 목소리가 느려지려는 말의 발을 움직이게끔 만
들었다.

  며칠 동안 죽을 듯이 달린 탓인지 두 필의 말 모두 지친
기색이 역력해 보였다.

  둘이 도착한 곳은 다름 아닌 사천당문이 있는 성도의
외곽 지역이었다.

굳이 사천당문의 도움이 필요하지는 않았지만 사전에 당한뢰에게 부탁할 것이 있어서 이곳까지 말을 타고 달린 것이다.

적월이 성도의 근방에 이르렀을 때였다.

커다란 나무 아래에 햇빛을 피하고 있는 백면서생의 모습이 보였다.

전혀 무림과는 상관없어 보이는 자, 하지만 적월은 그 자를 보는 순간 말에서 뛰어내렸다.

나무 아래에서 햇빛을 피하고 있던 백면서생 또한 자리에서 일어났다.

흰 모포를 휘날리며 사내가 적월을 향해 천천히 걸어왔다.

다시 남장을 한 설화 또한 무엇인가 이상하다는 것을 느꼈는지 말에서 성큼 내려섰다. 그리고 자연스레 손은 허리춤에 있는 검으로 향했다.

하지만 그런 설화를 향해 멈추라는 듯이 적월이 손을 들어 올렸다.

그리고 때마침 적월을 향해 다가오던 서생이 두 손을 모으며 입을 열었다.

"기다렸습니다."

"자."

적월은 품 안에 준비되어 있던 서찰 하나를 휙 하고 집어던졌다.

어렵지 않게 서찰을 받아 낸 사내가 다시금 고개를 조아리며 물었다.

"누구에게 전해야 합니까?"

"사천당문에 가서 당한뢰에게 전해. 그리고 내가 이곳에서 기다리고 있겠다고 말해 주고."

"명 받들겠습니다."

말을 마친 서생처럼 보이는 사내는 품 안에 서찰을 감춘 채로 성도가 있는 방향으로 몸을 틀었다. 그리고 사내가 사라져 갈 무렵 적월은 큰 바위에 자리를 잡고 걸터앉았다.

설화가 조심스레 물었다.

"누구죠?"

"아아, 내 수족들이야."

"무인은 아닌 것 같은데…… 살수인가요?"

"눈썰미가 제법이네."

적월은 정말 의외라는 듯이 설화를 힐끔 바라봤다.

다른 이도 아닌 살문 살수다.

그들은 치밀하게 자신을 숨기는 훈련을 한다. 그런 살문 살수들이었기에 정체를 알아차리는 건 그리 쉬운 일이 아니다.

그런데도 불구하고 설화는 너무나 쉽게 그들의 정체를 알아차려 버렸다.

예전의 설화는 분명 강했다.

수십의 살수들을 반 각조차 되지 않는 시간 안에 죽이고 자신들을 구하러 왔던 그녀다. 그리고 또 비사문 살수 수십 명의 공격에서도 자신과 가족들을 지켜 냈다.

어쩌면 짐인 자신들이 없었다면 설화는 그들 모두를 상대해 낼 수 있었을지도 모른다.

제왕검 설리표의 모든 것을 이은 여인, 더군다나 재능도 있으니 약할 리가 없다.

하지만 그때와 지금은 너무나 다르다.

당시에는 무공만 강한 햇병아리였지만 이제는 그리 부를 수도 없다.

항상 긴장을 풀지 않는 눈동자, 그리고 전신의 감각은 언제나 예리하게 세우고 있다.

잠깐 눈을 붙이는 그 순간조차도 설화는 눕지 않았다.

그 모습을 보며 적월은 설화가 정말 예전 자신이 알던 그녀가 아님을 다시 한 번 느꼈다.

설화를 향해 적월이 물었다.

"그거 안 불편하냐?"

"뭐 말인가요?"

"남장하고 다니는 거 말이야."

"별로요."

설화가 감정 없는 목소리로 대꾸했다.

예전과 완전히 달라진 설화와 말을 섞을 때마다 왠지 모르게 어색함을 느낄 지경이다.

적월을 향해 낭군이라는 말을 서슴없이 뱉어 내던 귀여운 모습은 어디가고 이제는 찬바람만 횡횡 불어 댄다.

적월이 물었다.

"그 역용술은 설 대협께 배운 거냐?"

"……네."

설리표의 이름이 나와서인지 설화의 목소리가 살짝 떨려 왔다. 하지만 적월은 그런 것에 신경 쓰지 않고 고개를 끄덕이며 말을 이어 갔다.

"크게 역용을 하지 않은 탓도 있지만 무공 자체가 뛰어나군. 역용을 한 걸 알고 봐도 알아차리기 힘들 정도야."

"그러니 일 년 가까이 무림맹에 있으면서 들키지 않았겠죠."

뛰어난 역용술과 정말 미세할 정도로 코와 눈언저리 부분만 건드린지라 무림맹에 있는 수많은 고수들조차 설화가 여인이라는 것을 알아차리지 못한 것이다.

그리고 거기다 설화의 노력이 있었기에 그런 일이 가능했다.

무림맹에 대한 이야기가 나오자 적월이 생각난 듯이 물었다.

"아참, 나는 그럼 무림맹에 어떤 신분으로 들어가게 되는 거냐?"

"제 힘이 닿는 곳이니 당연히 묵혼대죠. 묵혼대에서도 높은 자리는 힘드니 제 수하로 들어오는 게 제일 좋을 거예요."

"내가 네 수하로 들어가야 한다고? 난 체질적으로 누구 밑에 들어가는 성격이 못 되는데…… 더군다나 그 묵혼대인지 뭔지에 들어가면 다른 놈들하고도 같이 지내고 그래야 할 거 아냐. 난 그런 거 딱 질색인 사람이야. 그거 말고 다른 거 없냐?"

"……하나가 더 있긴 한데 말해 줄까요?"

적월이 말해 보라는 듯이 고개를 끄덕이자 설화가 차갑게 말을 내뱉었다.

"말똥 치우는 일이에요. 잠은 그곳 마구간에서 자야 할 테고 물론 잘 때는……."

"젠장, 됐어. 굳이 말 안 해 줘도 돼."

다른 사람과 어울리고 싶지 않았지만 그렇다고 해서 마

구간에서 말똥과 뒹굴 수는 없는 노릇이다. 더군다나 애초부터 높은 신분이 아닌 이상 어느 정도 사람들과 부대끼는 것은 각오하지 않았던가.

적월은 탐탁지 않았지만 지금 상황에서는 선택할 여지가 없었다.

"네가 있는 묵혼대라는 곳에 대해 말 좀 해 봐."

"묵혼대는 다섯 개의 조로 이루어져 있어요. 한 명의 대주와 다섯 명의 조장이 있고, 그 휘하로 열 명 정도씩 수하들을 거느리고 있어요."

오십 명이 조금 넘는 숫자, 이름도 생소하고 그 숫자도 많지 않다.

하지만 설화의 실력을 직접 견식해 본 적월로서는 그녀 정도 되는 실력자가 조장으로 있다는 것이 못내 미심쩍었다.

그만큼 묵혼대의 대주가 강한 것일까?

적월이 궁금했는지 설화에게 물었다.

"묵혼대는 처음 들어 보는데 강한 놈들이냐? 네가 대주라면 모를까 고작 열 명을 이끄는 조장 정도의 실력은 아니라고 보는데……."

물론 왕년의 설리표에 비하면 한참은 모자라지만 동년배에 설화의 적수를 찾아보기는 어려울 것이다.

며칠 전 나눠 봤던 가벼운 싸움으로 적월은 설화의 실력을 어느 정도 파악한 상태다. 그녀는 적월의 펼친 유령마환장을 갈라 버렸고, 최상위 경공인 수상비까지 아무렇지 않게 펼쳤다.

그 정도라면 이미 절정의 반열에 올랐다 말해도 전혀 문제 될 것이 없는 수준이다. 그런 그녀가 겨우 조장이라니 이상하지 않은가.

하지만 돌아온 설화의 대답은 너무나 간단했다.

"대주는 싸우러 다니기 힘드니까요."

아무래도 대주라는 지위에 오르면 앞에서 싸우기보다는 무림맹에 머물며 명령을 내리는 입장이다. 설화는 그것이 싫었던 것이다.

설화가 대수롭지 않다는 듯이 말을 이어 나갔다.

"묵혼대 대주가 되고 싶었다면 됐을지도 모르죠. 하지만 맹에 머물며 높은 지위에 오르는 것을 원했다면 저는 애초에 무림맹이라는 곳 자체에 들지 않았을 거예요. 제가 무림맹에 든 이유는 저에게 모자란 경험을 쌓고, 혹여나 후에 있을 복수에 조금이나마 도움이 될 법한 사람들을 알기 위해서니까요. 그러기 위해서는 대주보다는 조장이 낫잖아요?"

"틀린 판단은 아니지."

설화의 말을 들으며 적월은 그녀가 정말로 복수라는 일념으로만 살아왔음을 알 수 있었다. 모든 행동 하나하나가 복수와 연결되어 있다.

복수와 연관되지 않은 일이라면 눈길조차 주지 않을 것만 같다.

적월은 복수만을 바라는 설화를 향해 경고의 말을 건넸다.

"미리 말하는데, 복수를 할 때는 내가 정해. 그 전에 그 일로 날 귀찮게 한다면…… 거기서 바로 우리의 협력 관계를 끝낼 거야. 명심해."

"새겨 두죠."

설화가 여전히 감정이 느껴지지 않는 어조로 대답했다. 그 모습을 보고 있는 적월은 자신도 모르게 목각인형을 떠올렸다.

감정이 없는 나무로 만든 인형…… 설화를 보며 느끼는 적월의 감정이 딱 그러했다.

적월이 나지막이 입을 열었다.

"많이 변했네."

"사람은 누구나 변하니까요."

대답하는 설화가 힐끔 적월을 바라봤다. 그러고는 천천히 말을 이어 나갔다.

"적어도 당신 또한 내가 알던 적월은 아니잖아요?"

"틀린 말은 아니군."

설화의 의미심장한 말에 적월은 대꾸할 말이 없다는 듯 어깨를 한 번 으쓱했다. 설화가 알던 적월은 지금과 많이 달랐다.

그것은 가짜 적월의 모습이었으니까.

설화와 마주하고 이런 대화를 나누니 과거의 기억이 떠올랐다.

환생을 하고 얻은 새로운 인생, 그리고 있었던 수많은 일들……

정말 그 모든 것이 가짜였을까?

아니, 아니다.

인정하고 싶지 않지만 그 모습 또한 적월이었다. 적사문과 홍초희 그 둘 때문에 만들어진 적월의 또 다른 모습이었다.

우습지만 그때의 인생 또한 적월 자신의 본모습이었다.

하지만 적월은 입을 열지 않았다.

이곳에서 설화와 과거의 이야기를 하며 떠들고 싶은 생각이 조금도 없었기 때문이다.

적월은 걸터앉아 있던 바위에서 일어났다.

그러고는 설화와 조금 떨어진 곳에 서서 멀리 성도를

바라봤다.

살문의 살수가 자신의 서찰을 전하러 갔으니 그리 오랜 시간이 걸리지 않아 당한뢰가 찾아올 것이다.

적월은 성도를 하염없이 바라보고만 있었다.

그렇게 이각가량 시간이 흐른 뒤였다.

단출한 복장을 한 당한뢰가 홀로 이곳으로 걸어오는 게 보였다.

당한뢰 역시 적월을 발견하고는 반가운 얼굴로 발걸음을 보다 빠르게 움직였다.

지척까지 다가온 당한뢰가 적월을 보며 반가이 말을 걸었다.

"갑자기 헤어져서 다시 못 보면 어쩌나 걱정했더니만 그래도 이리 바로 찾아 주니 고맙구먼. 그래, 갔던 일은 잘됐는가? 자네 흉내를 내던 자가 누구던가?"

"좋게 해결됐습니다. 예전에 제가 알던 친구더군요."

말을 마친 적월이 슬쩍 뒤편을 바라보자 당한뢰의 시선 또한 절로 그쪽으로 움직였다. 여전히 바위 위에 앉아 있던 설화가 시선이 맞닿자 자리에서 일어나 가볍게 포권을 취했다.

마찬가지로 포권으로 화답한 당한뢰가 조그마한 목소리로 적월에게 말했다.

"허허, 지기라는 사내도 자네 못지않게 곱상하게 생겼네. 둘이서 여인들깨나 울렸겠어."

"뭐……."

차마 저 사내가 여자라는 말은 할 수 없었기에 적월은 말꼬리를 흐리더니 이내 본론으로 들어갔다.

"제가 이곳에 온 것은 어르신께 부탁을 하나 좀 하고 싶어서 온 겁니다."

"부탁이라니? 내 자네에게 큰 은혜를 입었으니 무엇이든 들어주겠네. 어려운 일인가?"

"어려운 일은 아닙니다. 그저 저를 모른 척해 주시면 되는 거니까요."

"그게 무슨 말인가?"

적월의 말에 당한뢰가 의문스럽다는 듯이 되물었다.

밑도 끝도 없는 적월의 말을 이해할 수가 없었던 것이다.

애초부터 당한뢰가 바로 알아들을 거라 생각하지 않았던 적월이다.

적월은 준비해 두었던 말을 청산유수처럼 내뱉기 시작했다.

"철련문을 박살 내면서 안 사실이 하나 있습니다. 그건 제가 노렸던 상대가 바로 어르신의 원수이기도 했다는 것이죠. 그리고 그 잔당이…… 무림맹에 남아 있는 것 같습니다."

"그, 그게 무슨 소리인가? 무림맹에 철련문의 잔당이 남아 있다는 말을 하는 겐가 자네는?"

"맞습니다. 정확히 말하면 철련문을 조종하던 잔당이라고 해야겠지요."

"이 무슨……."

갑작스러운 적월의 말에 당한뢰는 당혹감을 감추기 힘들었다.

하지만 이내 대충 상황을 짐작했는지 두 눈에 흉흉한 기운을 띠우며 목소리를 높였다.

"그럼 오히려 잘됐군! 나도 무림맹에 갈 생각이었는데 이참에 나랑 같이 감세! 그래서 내가 맹주께 아뢰어 그놈들을 뿌리째 뽑아 버릴 것이야!"

흥분하는 당한뢰를 향해 적월이 고개를 저으며 입을 열었다.

"제가 지금 말씀드리지 않았습니까. 저를 모른 척해 주셔야 한다고요. 저는 어르신의 도움을 받지 않고 다른 신분으로 잠입할 생각입니다."

"아니, 굳이 왜 그런 번거로운 일을 벌인단 말인가. 내 말 한마디면 자네는……."

"그 누구도 믿을 수 없기 때문입니다."

적월이 당한뢰의 말을 자르며 말했다.

명객에 대해 자세히 말해 줄 생각은 없다. 애초부터 그들의 존재에 관해 설명하자면 적월 자신에 대해서도 말해야 할지도 모른다.

명객이나 적월의 존재는 직접 보지 않았다면 믿을 수 없다.

굳이 그런 믿기 어려운 말을 해 댈 필요성도 없을뿐더러 그저 무림맹에서 적월에 대한 언급만 못 하게 하면 그만이다.

적월이 말을 이어 갔다.

"만약 철련문을 부순 제 신분으로 무림맹에 들어간다면 숨어 있던 놈들이 저를 피해 도망칠지도 모릅니다. 최악의 경우 제가 표적이 될 수도 있겠지요. 그러면 모든 것이 허사로 돌아갑니다."

"하지만……."

적월의 부탁은 간단히 생각하자면 결코 어려운 일이 아니었다.

그냥 모르는 척해 주는 것이 뭐가 그리 어렵겠는가. 다만 문제는 그곳이 무림맹이라는 것이다.

무림맹에 신분을 위조하고 들어간다는데 그것을 알면

서도 모르는 척해야 한다.

어찌 보면 그것은 정파의 일인으로서 결코 해서는 안
될 일이기도 했다.

못내 그것이 마음에 걸렸는지 당한뢰가 조심스레 입을
열었다.

"맹주께는 아뢰어도 되는 것이겠지?"

"아뇨. 그 누구에게도 비밀입니다. 오로지 어르신과
저, 저 친구만이 알아야 합니다. 아니면 이 일은 실패할
겁니다."

"후우."

당한뢰가 깊은 한숨을 내쉬었다.

너무 쉽지만, 또 너무 어려운 부탁이다.

솔직히 말해 당한뢰의 입장에서는 철련문의 그 인간 같
지 않은 놈들과 연관된 모두를 도륙해 버리고 싶다.

당철휘를 죽게 한 그 일과 관련된 놈들 중 일부가 아직
살아 있다고 하는데 어찌 화가 나지 않을 수 있겠는가.

하지만 그럼에도 불구하고 당한뢰는 최대한 냉정히 판
단하려고 하고 있었다.

적월의 부탁에 대해 고민하던 당한뢰가 무엇인가를 깨
닫고는 탄식하듯이 말을 내뱉었다.

"허허, 그래서였구먼. 사천당문으로 찾아오지 않고 이

곳으로 나를 부른 이유가. 사람들의 눈에 최대한 들지 않기 위함인가?"

"맞습니다."

당한뢰는 적월의 생각을 알아차렸다.

이제부터 당한뢰와 적월은 서로 모르는 사이가 돼야 한다.

그런데 혹여나 사천당문에서 둘이 만나거나 한다면 후에 문제가 될지도 모른다.

그것을 대비하기 위해 이토록 성도 바깥쪽으로 당한뢰 자신을 부른 것일 게다.

당한뢰가 아쉽다는 듯이 입맛을 다시며 말했다.

"그렇다면 술 한잔하자는 약조도 지키기 어렵겠구먼."

"아쉽지만 당장은 어렵겠군요."

"그런가……."

당한뢰의 시선이 적월에게로 향한다.

중요한 것은 하나, 이 사내를 믿을 수 있는가 없는가인데…… 잠시 침묵하던 당한뢰는 이내 결단을 내렸다. 그가 조용히 고개를 끄덕였다.

"자네의 말대로 하지."

"이해해 주시니 감사합니다."

"하지만 이것만 알아주게. 자네에게 빚을 져서 이러는

게 아닐세. 적월이라는 사내가 믿을 수 있는 자라 생각하기에 이 같은 결단을 내린 것이라네."

말을 마친 당한뢰가 적월의 어깨를 가볍게 두드리고는 인자한 웃음을 지어 보였다.

"이제부터 모르는 사이라니 섭섭하군. 어서 해결하고 술자리나 한번 같이함세. 이토록 술 한 번 같이 먹기 힘든 친구는 내 생전 처음이야, 허허."

"그러지요. 급히 가 봐야 할 것 같아서 이만 가겠습니다."

"그러게나."

말을 마친 적월은 휙 몸을 돌려 설화가 기다리는 곳으로 다가왔다.

그러고는 말 위로 훌쩍 올라탔다.

"이랴!"

적월이 말을 타고 움직이자 설화도 황급히 그 뒤를 쫓았다.

그렇게 두 명이 사라져 가는 뒷모습을 당한뢰는 그저 말없이 바라봤다.

이제는 너무 멀어져 보이지 않을 때가 돼서야 당한뢰는 무겁게 발걸음을 옮겼다.

적월 스스로가 해야 할 일이 있는 것처럼 당한뢰 또한

마찬가지다.

철련문의 일을 마무리한다.

당한뢰가 사천당문을 향해 발걸음을 돌리며 조용히 중얼거렸다.

"이번에도 부탁하네."

第五章
무림맹

재미있는 인생이야

무림맹(武林盟).

구파일방과 오대세가, 그리고 그 외에 수많은 중소문파들이 힘을 합쳐서 만든 단체다.

무림맹은 정파를 대표하는 단체로 그들의 힘은 상상을 초월할 정도다.

그곳에는 각파에서 보내온 수천의 무인들이 기거하고 있고, 또 무림에서 알아주는 최고의 고수들이 즐비한 곳이기도 했다.

무림맹은 호남성(湖南省) 장사(長沙)에 위치하고 있었다.

사천과 호남은 그리 멀지 않은 곳이었지만 그래도 무
림맹이 있는 장사까지 가는 데는 보름가량의 시간이 걸렸
다.

제법 긴 여정 끝에 장사에 도착한 적월은 장사라는 마
을의 모습에 혀를 찼다.

"사방에 무인들이군."

무림맹이 있는 곳답게 사방에서 무인들의 모습이 보인
다. 그것도 모두 정파의 무인들 말이다.

호남성 장사는 크고 유명한 곳이었지만 적월은 이곳에
오는 것이 처음이었다. 그도 그럴 것이 마교의 교주인 적
월이었으니 어찌 무림맹이 있는 이곳 장사에까지 와 봤겠
는가.

무림맹을 향해 나아가면서도 적월은 변해 버린 자신의
입장에 웃음을 금치 못했다.

전생에는 마교의 교주였다.

그런데 지금은 무림맹의 말단 무인이 되기 위해 가고
있다.

피식.

적월은 말 위에서 자신도 모르게 가벼운 미소를 흘렸
다. 변해 버린 상황이 무척이나 우스웠다.

'재미있군.'

적월이 그렇게 지금 상황에 웃음을 머금고 있을 때였
다.

앞장서서 나아가던 설화가 조그마한 목소리로 입을 열
었다.

"곧 무림맹입니다."

말투와 목소리가 방금 전과 다르다.

하지만 적월은 그러한 설화의 변화에 의문을 품지 않았
다.

무림맹이 가까워졌으니 그에 맞춰 행동하는 것이라는
걸 잘 알기 때문이다.

이미 무림맹에 있는 장사에 들어서기 전에 설화를 통해
많은 이야기를 전해 들었다. 대부분은 설화가 속한 묵혼
대에 관련된 이야기였다.

남자로 지내고 있지만 설화는 자신의 이름을 바꾸지 않
았다고 했다.

한마디로 설화라는 이름은 그대로 쓰면서 남자 행색을
하고 다닌다는 소리다.

남자에게 설화라는 이름이 어울리지 않은 것 같았지만,
막상 남장을 한 그녀를 보면 또 꼭 그렇지만은 않다는 생
각이 든다.

이 정도로 아름다운 사내라면 결코 그 이름이 아깝거나

부끄럽지는 않을 터.

다각다각.

말발굽 소리가 유난히도 크게 들린다. 그렇게 말 등에 탄 채로 나아가던 적월의 눈에 커다란 건물이 들어오기 시작했다.

그리고 그 건물의 정 중앙에 높게 치솟은 웅장해 보이는 현판. 무림맹(武林盟)이라 적힌 검은 글자가 적월의 눈에 틀어박혔다.

무림맹의 입구를 두 명의 무인이 지키고 있었는데 이것은 그저 눈에 보이는 숫자에 불과했다. 적월의 감각은 주변에 숨어 있는 수많은 무인들의 존재를 단번에 파악해 냈다.

'왼쪽에 다섯, 오른쪽엔 일곱.'

보이는 자들까지 해서 무려 열넷에 달하는 수문위사들이 지키고 있다.

더군다나 몸을 감추고 있는 자들의 실력은 보통이 아닌 듯했다.

괜히 정도문파들의 모든 힘이 모이는 곳이라 말하는 것이 아니다.

설화가 다가서자 수문위사들이 먼저 알아보고는 짧게 인사를 건넸다.

"오셨습니까?"

서로 아는 사이였지만 그래도 무림맹 내부로 들어서기 위해서는 정해진 규칙이 있다.

설화는 품속에 있던 명패를 꺼내 수문위사에게 건넸다.

명패를 확인한 수문위사가 다시금 그것을 설화에게 건넸다.

하지만 명패를 건네는 수문위사의 시선은 적월에게로 향해 있었다.

"저쪽 분은 누구십니까?"

"묵혼대에 새로 들어올 자다."

설화의 퉁명스러운 말에 수문위사는 고개를 끄덕였다. 그러고는 별말 없이 옆으로 비켜섰다.

설화와 함께 쉬이 무림맹 안으로 들어선 적월이 자그마한 목소리로 말했다.

"생각보다 경비가 허술한 거 아니야?"

"무림맹은 내당과 외당으로 나뉘어져 있습니다. 그리고 상대적으로 외당은 들어오는 게 그리 어렵지 않지요. 또한 저까지 있었으니 이토록 쉬이 들어올 수 있었던 겁니다. 내당까지 들어가기 위해서는 정식으로 무림맹의 무인이 되어야 가능합니다."

"그래?"

적월은 이제야 이해가 갔다는 듯이 고개를 끄덕였다.

무림맹 내부는 꽤 화려했다.

휘황찬란한 옷을 입은 자들이 너무 많아 손으로 꼽기 어려울 정도였다.

하지만 그에 반해 간단한 승복 한 장을 걸친 중들도 가득하다.

소림사의 중들임이 틀림없다.

소림사와는 지독하게 싸운 기억이 있는 적월이었기에 그들을 바라보는 눈빛이 그저 고울 수만은 없었다. 전생의 일이긴 하지만 적월의 성격상 그런 것이 쉬이 잊힐 리가 없었다.

마교의 교주였던 적월에게 무림맹에 들어와 이들과 어울려 있다는 사실이 무척이나 이질적이었던 것이다.

어딘가를 향해 걸어가던 설화가 이내 무림맹 내부에 있는 조그마한 장원 안으로 들어섰다.

그곳에는 무인들로 보이는 수많은 자들이 있었다. 똑같은 흑색 무복을 입은 그들은 설화를 보고는 다급히 예를 취했다.

등 뒤에 적힌 묵혼(墨魂)이라는 글씨를 보고 적월은 이들이 바로 묵혼대의 무인들이라는 것을 알아차렸다.

대충 휘둘러보는 것만으로도 적월은 이들의 수준이 어

느 정도인지 파악할 수 있었다.

일류의 무인들이다.

묵혼대라는 이름이 생소해서 혹시 떨거지들이나 있는 게 아닐까 생각했지만 그 정도는 아닌 듯싶다.

그저 마교 교주의 위치에 있었기에 이 정도 되는 자들은 눈에 들지 않았을 뿐이다.

엄청난 고수라 말할 수는 없지만 무시하기엔 어려운 딱 그만한 경지다.

인사를 건네던 자들 중 두 명이 황급히 설화를 향해 달려왔다.

둘의 표정은 어딘가 딱딱해 보였다.

"조장님 오셨습니까?"

"그래. 다른 사람들은 어디 있지?"

"모두 호위 임무에 동원되었습니다. 아마 오늘 저녁이나 늦어도 내일 아침이면 도착할 겁니다."

"알았어."

적월은 대화를 나누는 그들을 옆에 선 채로 말없이 바라봤다. 옆으로 한 걸음 물러나 바라보니 대충 이들의 관계를 알 법했다.

지금 다가온 두 명의 사내가 바로 설화가 속한 이조의 무인들일 게다. 그리고 그 둘은 한눈에 봐도 알 수 있을 정도로 설화를 어려워했다.

그도 그럴 것이 변해 버린 설화는 무척이나 차가웠다.

농담도 통하지 않고 자신이 할 말만 하고는 그 이후에
입을 닫아 버린다. 그리고 싸움에 나가면 언제나 선두에
서서 야차처럼 싸워 댄다.

그런 설화를 묵혼대 이조는 물론이거니와, 모두가 어려
워하고 있었다.

옆에 서 있던 적월이 설화의 어깨를 툭툭 두드렸다.

"혁."

그 모습에 이쪽에 다가왔던 두 사내는 까무러칠 듯이
놀랐다. 그도 그럴 것이 자신들의 조장은 누군가가 몸을
건드리는 것을 극도로 싫어했다.

실수로라도 건드렸다가는 당장에 칼부림이 날 정도니
그 누구도 설화의 몸에 손을 대지 못했던 것이다. 그런데
생전 처음 보는 자가 자신들의 조장의 몸을 건드렸다.

둘은 커다란 소란이 일 거라는 생각에 고개를 돌리고야
말았다.

그런데…….

자신이 여자라는 걸 아는 적월의 행동이었기에 설화는
전혀 개의치 않은 얼굴로 고개를 돌리며 말했다.

"무슨 일인데 그럽니까?"

"먼 길 왔는데 방부터 좀 안내해 줘."

"그러죠."

말을 마친 설화는 입을 크게 벌리고 서 있는 두 수하의 모습을 봤다.

그러고는 그 둘을 향해 말했다.

"난 가 볼 곳이 있어서 그러는데 방으로 안내해 드려. 내 처소 옆에 빈방 있지? 그쪽으로 모시면 되겠군."

"그, 그리하겠습니다. 한데…… 이분은 누구십니까?

"아, 오늘부터 우리 묵혼대와 함께할 거다. 어렸을 때부터 알고 지냈고 이조 부조장이 될 예정이다."

"부조장이요?"

의외라는 듯이 두 사내 중 하나가 되물었다.

그도 그럴 것이 묵혼대에는 딱히 부조장이라는 개념이 없다. 조원이 고작 열 명뿐인데 개중에 또 부조장이 있다는 것이 우습기 때문이다.

그런데 갑자기 설화가 부조장으로 임명할 사람이라고 하니 의아할 수밖에 없었다.

되물었던 사내가 조심스럽게 말을 건넸다.

"저희 묵혼대에는 부조장이 없지 않습니까."

"없었지. 그래서…… 지금 만들 생각이야."

　　　　　＊　　　＊　　　＊

　적월과 헤어진 설화가 향한 곳은 바로 묵혼대의 대주가 있는 곳이었다. 묵혼대 대주 추량(秋亮)은 넉살 좋은 사내였다.

　이웃집 사는 아저씨처럼 넉넉한 인상을 한 그는 사람이 좋기로 정평이 나 있다. 심지어 언제나 얼굴에 미소를 머금고 다니는 그를 보며 보살 같다고 말하는 이들도 있을 정도다.

　그건 사실이다.

　분명 추량은 잘 웃고 마음도 따뜻한 사내다.

　하지만 그것은 추량이라는 사내의 단면적인 모습에 불과했다.

　평소 그는 정말 좋은 사람이지만 적을 눈앞에 두는 바로 그 순간 다른 사람이 아닌가 하는 착각이 일 정도로 돌변한다.

　사람들은 천 개의 얼굴을 가졌다는 의미로 추량에게 천면객(千面客)이라는 별호를 주었다.

　천면객 추량의 거처에는 그를 제외한 두 사람이 더 있었다. 그 둘의 정체는 일조 조장 백불이(佰佛二)와 사조 조장 주원호(朱袁鎬)였다.

추량은 백불이, 주원호와 공적인 이야기를 막 끝마치고
가벼운 담소를 나누고 있었다.

그리고 그때 마침 추량의 거처에 설화가 모습을 드러냈
다.

웃으며 차를 마시던 추량이 설화를 발견하고는 반가이
손을 들었다.

그런 추량을 향해 설화는 포권을 취해 보였다. 반가워
하는 추량과 다르게 일조 조장 백불이는 슬쩍 표정을 구
겼다.

묵혼대 내에서도 백불이와 설화의 사이가 최악에 가깝
다는 것은 모르는 이가 없을 정도로 잘 알려진 일이었다.

백불이는 설화를 못 본 척 무시했고, 주원호만이 자리
에서 일어나 짧은 인사를 주고받았다.

자리에 앉아 있던 추량이 놀란 얼굴로 설화를 보며 말
했다.

"이게 웬일인가? 부르지도 않았는데 설 조장이 이렇게
직접 찾아오고."

"돌아왔다는 말씀 드리러 왔습니다."

"그래? 갔던 일은 잘됐는가?"

"신경 써 주신 덕분에 잘 해결하고 왔습니다. 배려해
주신 점 감사드립니다."

"아니야. 자네가 묵혼대에 들어온 지도 일 년은 됐는데 단 하루도 쉬지 않고 일만 하기에 걱정했었다네. 이렇게라도 쉬고 그러면 좋은 일이지."

추량이 편안하게 말했다.

방금 말했던 것처럼 하루도 쉬지 않는 설화를 보며 내심 걱정하던 추량이었다. 그러던 차에 일이 생겨서 한동안 무림맹을 떠나 있겠다고 하니 추량은 그 부탁을 쉬이 허락해 줬다.

오히려 한두 달은 걸릴지 모른다고 한 것치고는 너무 일찍 온 게 아닌가 하는 걱정이 들 정도다.

짧은 인사를 마친 설화가 빈자리에 걸터앉았다.

그런 설화를 향해 추량이 물었다.

"차라도 한잔하겠는가?"

"아닙니다. 그보다 드릴 말씀이 있어서 오자마자 찾아왔습니다."

"끄응, 역시 그랬군."

추량이 그럴 줄 알았다는 표정을 지어 보였다.

애초부터 설화가 바로 이렇게 찾아왔을 때부터 무엇인가 할 말이 있는 게 아닌가 하는 생각을 하고 있었다.

무엇인가 할 말이 없는 한 결코 먼저 자신을 찾아오는 인물이 아님을 너무나 잘 알고 있다.

추량이 고개를 끄덕였다.

"해 보게."

"제 오랜 지기를 한 명 데리고 왔는데 그에게 저희 조의 부조장을 맡기고 싶습니다."

"그게 무슨 돼먹지 않은 소리야?"

말이 끝나기가 무섭게 나선 것은 설화가 나타났을 때부터 표정을 구기고 있던 백불이였다. 가뜩이나 설화를 맘에 안 들어 하는 백불이에게 지금 그 제안이 좋게 들릴 리가 없었다.

백불이가 목청을 높였다.

"우리 묵혼대에 부조장이 왜 필요해?"

"당신한테 한 말 아닙니다."

설화는 백불이를 향해 시선조차 주지 않으며 대답했다. 나이 차이 때문에 어느 정도 존대는 해 주지만 그뿐이다.

설화 또한 백불이에게 단 한 번도 지지 않고 바득바득 싸워 왔다.

그 탓에 둘 사이가 점점 나빠지는 것이기도 했지만 말이다.

설화의 말에 기분이 상했는지 백불이가 손으로 탁자를 짚으며 자리에서 일어났다.

"뭐야!"

"어허."

흥분해서 길길이 날뛰려던 백불이를 멈추게 한 것은 대주 추량의 조그마한 질책이었다.

추량이 백불이를 바라보며 말했다.

"설 조장의 말부터 들어 보는 게 순서 아니겠는가."

"하오나 오래전부터 우리 묵혼대는 이 체계를 유지해 왔습니다. 그런데 부조장이 생긴다면 분명 다른 문제들을 야기할 게……."

"그러니 우선 들어 보자는 게 아닌가. 우리의 판단은 그 후에 해도 늦지 않으니."

"……."

추량의 말에 백불이는 아무런 대꾸도 하지 못했다.

하지만 그것은 결코 수긍해서가 아니다. 얼굴에 드러나 있는 불만스러운 감정이 그런 백불이의 속내를 대신 말해 주는 듯했다.

모르는 사람이 본다면 부조장이라는 직책을 하나 만드는데 뭐 그리 난리냐고 할지 모르겠지만, 그저 보이는 것이 전부가 아니다.

별것 아닌 것 같지만 무림맹 전체적인 입장으로 봤을 때는 또 그렇지만도 않은 일이기 때문이다.

대(隊)에 속한 조를 이끄는 수장, 즉 조장 정도 되는 위치가 되면 무림맹에서도 많은 지원을 받게 된다.

그리고 무림맹 내에 있는 곳 대부분을 명패 하나만 들고도 오갈 수 있다.

설화가 적월을 부조장으로 만들려 하는 것은 바로 그 때문이다.

무림맹에서 무엇인가 해야 할 일이 있다고 했다. 그러기 위해서는 최대한 자유롭게 움직일 수 있어야 했고, 그러기 위해서는 부조장의 직책을 주는 것이 지금 할 수 있는 최선책이다.

그러했기에 설화는 굳이 분란이 될 걸 알면서도 이 같은 부탁을 하는 것이다.

추량이 설화를 보며 입을 열었다.

"이유를 말해 보게."

설화가 준비해 왔던 말들을 쏟아 냈다.

"술을 과하게 드실 때마다 말하지 않으셨습니까. 묵혼대라는 이름은 세상에 보다 알리고 싶다고 말입니다."

"했지. 그런데?"

"묵혼대를 강하게 하기 위해서 가장 먼저 필요한 게 무엇인지 아십니까?"

설화는 추량의 마음을 움직일 수 있는 가장 중요한 패를 알고 있었다. 그것은 바로 묵혼대를 보다 키우고 싶어

하는 추량의 욕심이다.

물론 그것이 나쁜 욕심이라고 생각하지 않는다.

무인이라면 당연히 가질 수 있는 것이니까.

한 개의 세력을 이끄는 대주로서 당연히 자신들이 지금보다 더욱 강해지고 이름을 떨쳤으면 하는 마음이 있는 것은 자연스러운 일이다.

그것을 알기에 설화는 그 부분을 이용해 추량의 마음을 열기로 마음먹었다.

묵혼대의 이야기가 나오자 추량의 표정이 한층 더 진지하게 변했다. 설화가 한 질문이 추량에게는 그리 낯설지 않았다.

그건 당연한 일이다.

자기 스스로에게 수십 번, 아니, 수백 번은 해 왔던 질문이니까. 당연히 추량 본인 스스로도 답을 내린 문제이기도 했다.

추량이 천천히 입을 열었다.

"자네는 그게 뭐라고 생각하는가?"

설화가 망설이지 않고 답했다.

"사람입니다."

설화의 대답에 추량이 가만히 그녀의 눈을 바라봤다. 침묵을 유지하던 추량이 고개를 끄덕였다.

"나도 그리 생각하네."

현재 묵혼대의 무인은 오십 명 정도가 전부다.

이것은 무림맹에서 정해 준 그들의 숫자다.

물론 오십 명의 절정 고수들이 모인다면 그것은 엄청날 것이다.

하지만 그런 절정 고수들이 흔한가?

더군다나 그 정도의 고수라면 이미 속해 있는 곳이 있다.

그런 자들로 오십 명을 채우지 못하는 지금 묵혼대가 나아가야 길은 정해져 있다.

숫자다.

설화가 말했다.

"대주님께서 어디까지 바라시는지 모르겠지만 큰 임무를 맡기 위해서는 지금보다 두 배 세 배는 되는 자들이 필요합니다. 그 정도 숫자가 되면 조장 하나로는 모두 관리가 불가능하지요. 그래서 부조장이 필요하다 생각하는 겁니다. 그리고 그렇게 세를 키우시고 싶다면 지금이 적기가 아닌가 싶습니다."

"허허."

추량은 애꿎은 찻잔만 연신 만지작거렸다.

당연히 설화의 말에 혹할 수밖에 없다. 그것은 추량이

오랫동안 꿈꿔 오던 일이기도 했으니까 말이다.

하지만 자신이 결정을 내린다고 일사천리로 진행될 정도로 쉬운 일이 아니다.

묵혼대의 숫자를 늘리는 것은 추량 혼자서 결정할 수 있는 일이 아니다.

그 또한 위에 있는 자들을 찾아가 갖은 말들로 설득해야 한다.

추량의 얼굴에 고민하는 기색이 역력했다. 그리고 그걸 확인한 설화는 보다 그의 마음을 흔들기 위해 재촉하듯이 말했다.

"대주님, 결단을……."

"정말 듣자 듣자 하니 가당치도 않는 소리만 하는군."

참고 있던 백불이가 결국 나섰다.

가뜩이나 묵혼대 내부에서 점점 설화에게 밀리는 추세인 백불이였다.

그러던 차에 이 같은 일까지 받아들여지고, 또 그것으로 인해 묵혼대가 지금보다 훨씬 큰 광영을 누리게 된다면 추량의 신임이 설화에게 갈 것은 자명한 노릇이다.

백불이의 입장에서는 그것은 결코 있어선 안 될 일이었다.

백불이가 추량을 향해 말했다.

"대주님, 분명 묵혼대를 더 키워야 하는 것은 당연한 일이고 저의 소망이기도 합니다. 하지만 모든 일에는 때가 있는 법입니다. 지금 아무런 준비도 없이 이 같은 일을 밀어붙였다가 실패하면 오히려 다시 이런 기회가 없을지도 모릅니다."

"그것도 일리가 있군."

추량은 백불이의 말에 고개를 끄덕였다.

어찌어찌 사람들을 모아서 세를 확장한다 해도 뭔가 큰일을 해내지 못한다면 다시금 크기를 줄여 나갈 것은 자명하다.

그럼 다시 이런 계획을 실행할 기회조차 가지지 못하게 될 것이다.

바로 그 탓에 여태 추량이 섣불리 이 같은 일을 벌이지 못한 것이라는 걸 잘 알고 있는 백불이가 던진 절묘한 수였다.

흔들리던 추량의 표정이 다시금 변해 가는 걸 본 설화가 입술을 깨물었다.

'시간이 없어. 지금 마음을 돌려놔야 해.'

백불이가 더 떠들게 둔다면 설화의 계획은 실패로 돌아갈지도 모른다.

설화가 빠르게 말했다.

"묵혼대가 강해지기 위해서는 제가 데리고 온 그 친구가 필요합니다."

"갑자기 그게 무슨 소리인가?"

"말 그대로입니다. 제가 데려온 그자는 우리 묵혼대에 엄청난 힘이 되어 줄 겁니다."

"하하! 이거야 원, 웃기려고 작정을 했나."

백불이가 자리에서 일어나며 설화를 향해 비웃음을 흘렸다. 그러고는 미친 사람을 보는 것 같은 표정으로 설화를 응시하며 입을 열었다.

"네가 데려온 놈이 얼마나 강하다고 묵혼대의 미래에 대해 왈가왈부할 수 있단 말이냐. 보아하니 초야에 있던 이름 없는 무인 같은데 제깟 놈이 강해 봤자……."

"당신은 그한테 삼초지적도 안 됩니다. 그러니 자꾸 끼지 마시죠."

"뭐? 삼초지적? 말 다했어?"

설화의 말에 백불이의 얼굴이 붉게 변했다.

서른 줄에 다다른 나이, 평소 오만하기로 소문나 있지만 그래도 무공 실력만큼은 주변 사람들 모두 인정하는 백불이다.

그런 자신에게 고작 세 번의 공격도 받아 내지 못할 거라 하니 분노가 치밀 수밖에 없었다.

백불이의 눈이 이글거렸지만 그 시선을 받는 설화는 태연했다.

　반쯤 홧김에 내뱉은 말이긴 했지만 그건 사실이었으니까.

　모욕감 때문에 폭발하려는 백불이를 말린 것은 이번에도 대주 추량이었다.

　추량이 손을 들어 올려 백불이를 저지시키고는 심각한 얼굴로 설화의 말을 받았다.

　"둘 사이가 안 좋은 건 나도 잘 알지만 그래도 말이 너무 심한 것 아닌가. 백 조장은 우리 묵혼대에서 손꼽히는 고술세. 그런 그를 삼초지적이라니…… 나조차도 저 친구를 쓰러트리려면 수십 합 이상을 펼쳐야 가능하거늘 어찌 그리 자신할 수 있단 말인가."

　"대주님도 아실 텐데요. 제가 허언이나 해 대는 사람이 아니라는 것 정도는요."

　"그거야 물론 잘 아네. 다만 자네의 지기라면 동년배일 것 아닌가."

　"맞습니다."

　"한데 어찌……."

　"그러니 말씀드리는 겁니다. 그런 재능 있는 자가 우리 묵혼대에 들어온다면 우리는 천군만마를 얻는 것과 진배

없으니까요."

설화가 결코 허언이나 일삼는 자가 아니라는 걸 잘 아는 추량이다.

하지만 설화가 한 말은 쉬이 믿기 어려웠다. 백불이를 고작 삼초 안에 끝낼 수 있다는 말은 자신보다 더 강하다는 말도 되니까.

허나 만약 설화의 말이 사실이라면…… 탐이 난다. 그런 젊은 고수가 묵혼대에 들어온다면 외적으로나 내적으로나 큰 도움이 될 게 분명하다.

바로 그 때였다.

부들부들 떨고 있던 백불이가 소리쳤다.

"감히 나에게 이런 모욕을 주다니! 네 말에 책임은 지렷다?"

"물론이죠."

"좋아, 그 말 잊지 말아라."

살기등등한 얼굴로 경고를 한 백불이가 추량을 향해 포권을 취하며 청했다.

"대주님, 제가 놈과 손을 겨루는 걸 허락해 주십시오."

"괜찮은가?"

"이런 모욕을 받고 참을 수 없습니다. 대신 제가 그자를 이긴다면 설화 또한 책임을 지게 하겠습니다."

백불이의 말에 추량은 설화를 바라봤다.

표정은 여전히 무덤덤하지만 그 안에는 일말의 흔들림조차 보이지 않는다. 본인 스스로가 한 말에 자신이 있는 모양이다.

설화를 무척이나 아끼는 추량이다.

뛰어난 무공, 냉철한 상황 판단…… 하지만 지금 상황은 개인적 감정으로만 처리할 수는 없다.

설화가 백불이에게 모욕을 주었으니 내뱉은 말에 책임은 져야 한다.

추량이 고개를 끄덕였다.

"좋네, 허하지."

"감사합니다."

짧은 감사의 말을 전한 백불이가 설화를 향해 고갯짓을 하며 외쳤다.

"가자!"

　　　　　*　　　　*　　　　*

묵혼대의 연무장에 많은 이들이 모여 있었다.

대낮부터 훈련에 열중하던 그들의 연무장에 갑작스럽게 대주 추량을 비롯한 세 명의 조장이 나타났다. 더군다나 평소 성격이 더럽기로 소문난 백불이가 화를 참지 못하고 씩씩거리고 있으니 무슨 사달이 벌어졌다는 걸 단번에 알아차렸다.

백불이는 연무장 위에 팔짱을 끼고 선 채로 아래쪽에 도열해 있는 설화를 향해 소리쳤다.

"대체 언제 오는 거냐!"

설화는 귀청이 아플 정도로 소리쳐 대는 백불이의 행동에 표정을 구기며 대꾸했다.

"연무장에 온 지 얼마 되지도 않았는데 좀 참으시죠."

"그 건방진 표정이 언제까지 가나 보자."

백불이는 설화가 처음부터 마음에 들지 않았다.

일 년 전쯤에 갑자기 나타나 묵혼대의 조장이 되었다. 너무나 곱상하고 새파랗게 어린놈이 자신과 마찬가지로 조장이 된 사실도 마음에 들지 않던 백불이다.

그런데 상판대기보다 더 마음에 안 드는 건 그 굽힐 줄 모르는 성격이다.

더군다나 조장이라고 백불이 자신과 같은 위치에 있다고 생각하는 듯한 저 모습…… 그게 싫었다.

'조장도 급이 있는 거야. 어디서 애송이 주제에…… 오늘 네놈의 그 잘난 자존심을 뭉개 주지.'

설화가 말하는 그놈이 얼마나 잘난 놈인지는 모르겠다.

하지만 백불이는 자신의 무공을 믿었다. 저런 새파란 애송이의 동년배 따위에게 당할 거라는 생각은 전혀 들지 않았다.

숨 몇 번 정도 더 쉴 정도의 짧은 시간이 흘렀거늘 백불이가 다시금 불만스레 말했다.

"올 생각을 안 하는군. 혹시 벌써 겁을 먹고 꽁지가 빠져라 도망간 거 아니냐?"

"하하하!"

백불이의 말에 묵혼대 일조 무인들 중 일부가 웃음을 터트렸다.

그 모습에 백불이가 득의양양하게 미소를 지을 때였다.

"누구한테 말하는 거야?"

멀리서 들려오는 목소리에 연무장에 모여 있는 묵혼대 무인들의 시선이 그곳으로 향했다. 그리고 시선이 쏠리는 곳에는 귀찮다는 듯이 연무장 안으로 걸어 들어오는 적월이 있었다.

적월은 모여 있는 무인들을 쓰윽 둘러봤다.

그리고 그 안에 섞여 있는 설화를 발견하고는 그쪽으로 성큼 다가갔다.

추량은 자신 쪽으로 점점 다가오는 적월을 뚫어져라 바라봤다.

설화의 말대로 무척이나 어려 보이는 사내다.

그리 강해 보이지 않았지만 자세히 적월을 바라보던 추량은 자신도 모르게 고개를 끄덕였다.

수십 명의 무인들이 그 한 사내만을 바라보고 있다. 보통의 사람이라면 위축되기 마련이다.

한데 저자는 아니다.

그 시선들을 즐기듯이, 아니면 전혀 관심이 없다는 듯이 걸어 들어오고 있다. 전혀 미동도 없는 모습으로 말이다.

보통이 아니다.

추량과 달리 연무장 위에서 적월을 바라보던 백불이는 웃음을 터트렸다.

"하하! 뭐야, 이건. 애송이잖아?"

설화가 호언장담을 하기에 조금이나마 긴장을 했던 백불이다.

그랬기에 오히려 큰소리를 쳐 대며 긴장한 감정을 드러내지 않으려 했다. 그런데 막상 당사자가 나타나자 그런 걱정을 했던 자신이 우스울 정도다.

별반 대단해 보이지 않는 모습 때문이다.

자신을 향해 막말을 쏟아 내는 백불이를 보며 적월은 두 눈을 크게 치뜨며 입을 열었다.

"저거 지금 나한테 하는 말이야?"

"그렇습니다."

설화의 무뚝뚝한 대답. 그리고 그 대답을 들은 적월이 손가락으로 백불이를 가리키며 가볍게 말을 받았다.

"미친놈이냐?"

"풋."

적월의 그 한마디에 누군가가 웃음을 터트렸다.

가뜩이나 적월의 말에 표정을 굳혔던 백불이는 그 웃음 소리에 화가 나 소리쳤다.

"누가 웃어!"

내공을 실은 외침이 연무장을 쩌렁쩌렁 울렸다.

한껏 내공을 터트렸던 백불이가 적월을 바라보며 입을 열었다.

"어서 올라와라."

나름대로 위압감 있게 행동했다 생각했거늘 적월에게 는 전혀 그렇지 못했던 모양이다. 적월은 백불이의 말이 나 행동은 싹 무시한 채로 설화에게 말했다.

"뭐야? 좀 쉬려고 하는데 갑자기 불러서는."

"저자가 당신을 인정 못 하겠다는군요. 부조장이 되려 면 자기를 이기랍니다. 그것도 단 세 번의 공격 안에."

적월은 어처구니없다는 듯이 백불이를 바라봤다.

설화를 향해 시선을 돌리자 그녀가 말없이 고개를 끄덕였다.

적월이 연무장 위로 설렁거리며 올라섰다.

그 걸음걸이나 태도에서 더욱 자신감을 얻은 백불이가 입을 열었다.

"원래는 네놈의 삼초만 막아 내면 나의 승리였지만 내가 넓은 아량을 베풀어 규칙을 바꿔 주지. 대결에서 이기는 쪽의 승리로 하는 게 어떠냐?"

"규칙 바꾸는 건 동의하는데 네가 말하는 방식 말고 다른 걸로 하자."

적월이 가볍게 발목을 풀며 대답했다.

나이도 어린 적월의 반말에 심기가 불편했지만 어차피 이 싸움이 끝난 후면 설설 길 자다.

더불어 설화의 그 잘난 자존심까지 뭉개 버릴 수 있으니 일석이조다.

백불이가 고개를 끄덕이며 입을 열었다.

"원하는 규칙을 말해 봐."

"그냥 세 번도 많으니까 한 번으로 하자고."

"뭐? 이놈이 미치……."

백불이의 말이 채 끝나기도 전이었다.

삼 장 정도 떨어져 있던 적월의 몸이 번개처럼 백불이

의 가슴으로 파고들었다.

그리고 강하게 발로 땅을 밟으며 적월은 주먹을 내뻗었다.

퍼엉!

단 일격!

적월의 주먹이 백불이의 명치를 가격했다. 그리고 그 일격을 버텨 낼 정도로 백불이의 능력이 뛰어나지 못했다.

백불이의 몸이 마치 실 끊어진 인형처럼 날아가 연무장 바깥으로 나동그라졌다.

"조, 조장님!"

놀란 일조의 무인들이 황급히 백불이를 향해 달려갔다.

연무장 바닥에 쓰러진 백불이는 눈동자를 까뒤집은 채로 게거품까지 물고 있었다.

모두가 놀란 바로 그 때였다.

짝짝.

의자에 앉아 있던 추량이 자신도 모르게 자리에서 일어나 박수를 치고 있었다.

자신의 수하가 너무나 볼썽사납게 쓰러졌다. 화가 치솟거나 안타까움이 밀려와야 하거늘 전혀 그런 감정이 들지 않는다. 그만큼 지금 본 적월의 일격이 대단했던 탓이다.

너무나 대단한 일격이었기에 뭐라고 설명해야 할지도 모르겠다.

눈으로 쫓기도 힘든 빠르기, 그리고 손에 사정을 둔 것 같음에도 불구하고 백불이 정도 되는 고수를 일격에 제압해 버리는 파괴력.

적월은 자신을 향해 박수를 치는 추량을 향해 시선을 돌렸다. 추량과 적월의 눈이 마주쳤다.

추량이 박수를 치던 손을 멈추며 입을 열었다.

"묵혼대에 온 걸 환영하네, 부조장."

第六章
요마(妖魔)

할 수 있는 게 뭐야

묵혼대가 새롭게 재편성되기 시작했다.

물론 당장에는 임시적인 일이었지만 추후의 성과를 보고 묵혼대의 편제를 새롭게 바꿀지 말지를 정한다는 상부의 보고가 있었다고 한다.

하지만 적월은 그 정도면 충분했다.

당장에 부조장이라는 자리에 오르면서 적월은 무림맹 내부를 혼자서도 돌아다닐 수 있게 됐으니까.

다소 시간이 걸릴 거라 생각했는데 일들이 일사천리로 진행됐다. 전부 묵혼대의 대주 추량이 빠르게 움직인 덕이다.

적월의 일격을 보는 순간 추량은 마음을 빼앗겨 버렸다. 그런 그는 빠르게 상부에 힘이 있는 무인들과 접촉하고 안건을 내밀었다.

물론 원하는 대로 바로 일이 해결되지는 않았지만 임시적으로나마 기회를 얻게 된 것이다.

묵혼대에서의 하루는 간단했다.

아침에 일어나서 훈련을 하고, 임무가 있으면 그 임무를 수행하러 가는 것이 묵혼대의 평범한 하루 일과였다.

그리고 그 평범한 하루는 오늘도 변함이 없었다.

진시(辰時)가 되자 묵혼대의 사람들이 하나둘씩 모여들었다. 그러고는 이내 식사를 하기 위해 다 같이 움직였다.

식사를 하는 곳은 내부에 있는 동륜각(東輪閣)이라는 곳으로 이곳에서 무림맹 무인들 대부분이 식사를 한다고 한다.

동륜각 자체가 워낙 컸지만 그보다도 무림맹에 기거하는 무인들의 숫자가 압도적으로 많았다. 교대로 식사를 하는데도 불구하고 언제나 동륜각은 인산인해(人山人海)를 이루곤 했다.

간단하게 먹을 것을 받아 온 적월이 설화의 건너편에 털썩 앉았다.

신기하게도 빈 자리를 찾기 힘든 이 동륜각에 설화의

앞과 양 옆은 매번 비어 있다.

그것은 그만큼 설화라는 존재가 이곳에서 어려운 사람인 탓이기도 했다.

묵혼대뿐만이 아니라 설화를 아는 대부분의 사람들인 그녀와의 접촉을 꺼렸다.

물론 설화의 본모습을 본다면 사내들이 벌 떼처럼 꼬이겠지만, 남자 행세를 하고 다니는 지금만큼은 모두에게 그리 좋게 보이지 않는 모양이다.

먼저 와서 식사를 하고 있던 설화는 누군가가 건너편에 앉자 힐끔 쳐다보고는 이내 시선을 돌렸다.

자리에 앉은 적월이 그릇에 담겨져 있는 음식들을 먹기 시작했다.

굳이 주변을 둘러보지 않아도 사람들이 자신을 바라보고 있는 것이 느껴졌다.

그리고 그 이유는 비단 자신 때문만이 아닐 것이다.

설화와 마주 앉았다는 사실이 무척이나 놀라워 보이는 듯했다.

적월이 입안에 든 음식을 우물우물 씹어 넘기고는 말했다.

"대체 무슨 짓을 하고 다니면 사람들이 이리 꺼리는 거냐?"

"별로 신경 안 써서 모르겠군요."

"이거 뭐, 다들 힐끔거리니 편하게 밥이라도 먹겠어?"

"그럼 다른 데 가서 드시죠."

설화가 퉁명스레 대답했다.

하지만 그런 설화의 말을 듣는 둥 마는 둥 하면서 적월은 주변을 살폈다. 사람들이 자신을 신기하게 바라보는 시선이 그리 마음에 들지 않는다.

마음 같아서야 쳐다보는 놈들을 모두 밥통에라도 박아 버리고 싶었지만 그럴 수 있는 상황이 아니다.

적월의 시선이 설화에게로 향했다.

설화를 바라보는 그는 왠지 모를 씁쓸함을 느꼈다.

예전에는 많은 이들에게 사랑을 받으며 자라 왔을 여인이다.

하지만 지금의 설화에게는 그런 모습이 전혀 보이지 않았다. 오히려 모두가 꺼리고 피하는 상대. 변해도 너무 변해 버렸다.

그렇지만 동정 같은 건 하지 않는다.

그것이 설화의 인생이고, 또 그게 자신 스스로가 정한 길인데 남이 뭐라 하든 무슨 상관인가.

적월은 밥과 함께 받은 차를 마시고는 자리에서 벌떡 일어나며 물었다.

"다음 일정은 뭐야?"

"한 시진 정도 후에 연무장에 모일 거예요. 정식으로 모두 앞에 나서는 날이니 늦지 말고 오도록 해요."

적월은 그저 고개를 끄덕이고는 휑하니 동륜각을 나가 버렸다.

＊　　　　＊　　　　＊

동륜각을 빠져나온 적월은 우선 자신의 거처로 발걸음을 옮겼다. 적월의 거처는 동륜각에서 그리 멀지 않은 곳에 위치했다.

벌써 무림맹에 온 지 나흘 정도의 시간이 흘렀다.

그리고 그 동안 적월은 무림맹 내부를 조금씩 돌아보고 있었다.

내당의 일부를 제하고는 모든 곳에 갈 수 있는 신분이 된 덕분에 뭔가 불편함을 느끼지는 않았다.

하지만 그렇다고 해서 무엇인가 알아낸 것이 있는 것은 아니다.

하나 그것은 미리 예측했던 일이었기에 적월은 전혀 초조해하지 않았다.

애초부터 이곳 무림맹에 온다 해서 명객의 흔적을 떡하

니 찾을 거라 기대하지 않은 탓이다. 그만큼 쉬운 상대였다면 여태까지 염라대왕의 손을 피해 살아가고 있었을 리가 없다.

무림맹에 들어서서 적월은 살문과 연락을 취했다.

제아무리 살문이 뛰어나다 해도 무림맹 내부의 정보를 속속들이 알아낼 수는 없다.

이곳에는 살문의 살수들과 비교도 안 되는 고수들이 허다했으니까 말이다.

일정 부분까지는 몰라도 깊게 알아내는 건 무리다.

적월은 우선 철련문에 정보가 흘러들어 간 과정을 알아내라고 명했다. 그것을 역추적한다면 무엇인가 단서를 얻을 수도 있으니까.

그리고 살문이 적월의 명에 따라 움직이는 동안 그 또한 이곳에서 그냥 놀고 있는 것은 아니었다.

명객에 대한 단서는 아직까지 아무것도 없다.

그렇기에 적월은 무림맹에 들어서자마자 하기 시작한 것이 있다.

그건 다름 아닌 내부에 있는 실력자들을 파악하는 것이었다.

그 일은 물론 살문이 맡았다.

살문은 수십 장에 다다르는 정보를 적월에게 보내왔다.

그 서찰마다 제각기 한 사람에 대한 정보들이 빼곡히 적혀 있었다.

그리고 적월은 시간이 날 때마다 그 서신을 살피고 있었다.

적월이 이 같은 일을 하는 건 이유가 있었다.

어찌 보면 전혀 뜬구름 잡는 행동이라 생각할 수도 있다. 명객이라 해서 꼭 강자로 둔갑을 하고 있을 거라는 보장은 없을 테니까 말이다.

실제로 철련문에서도 명객은 문주의 첩으로 둔갑하고 있지 않았던가.

하지만 적월은 그리 생각하지 않았다.

방으로 들어선 적월은 짐 속에 숨겨 두었던 종이를 조용히 펼쳤다.

'분명해. 이 안에 명객이 있어.'

확신하는 이유는 간단했다.

적월 스스로가 당한 일이니까.

마교의 교주였던 자신이 당한 것이 무려 이십 년 전이다. 그렇다면 그 이후에 명객들이 그냥 허송세월을 보냈을까?

결단코 그런 녹록한 자들이 아니다.

마교를 집어삼킨 그들이 그 이후에 무엇을 하겠는가?

무림맹을 노렸을 거라는 것은 굳이 확인하지 않아도 알 수 있다.

아니, 어쩌면 마교보다 무림맹이 먼저 당했을지도 모른다.

당시 마교를 집어삼킬 때도 놈들은 부교주 헌원기의 뒤에 숨었다. 그리고 교주인 자신을 죽이며 마교를 장악했다.

무림맹도 마찬가지다.

그들이 무림맹을 집어삼켰다면 이번에도 또 누군가의 뒤에 숨어서 이곳을 좌지우지하고 있을 것이다.

그렇다면 가장 명객과 관련되었을 확률이 높은 게 누구일까.

답은 나와 있었다.

무림맹 맹주 우금명(虞錦瞑)!

마교에서 교주를 바꾸어 버렸던 것처럼 무림맹에도 비슷한 일을 행했을 거라는 생각이 들기 때문에 내린 결론이다.

그리고 그런 추측에 조금 더 힘을 실어 주는 몇 가지의 미심쩍은 구석들이 있었다.

우금명이 무림맹 맹주로 추대된 것이 대략 십칠 년 정도 됐다고 알고 있다.

적월이 죽고 나서 얼추 삼 년 후에 무림맹의 맹주가 되었다는 것인데…….

시기상으로 이토록 적절할 수가 없다.

더군다나 우금명은 구파일방의 직계가 아니다.

대부분 무림맹의 맹주는 구파일방의 쟁쟁한 인물이 차지하기 마련이다.

하지만 예외에 가깝게 십칠 년 전 무림맹 맹주가 된 것은 놀랍게도 우금명이라는 사내였다.

백 년 전쯤 단 한 자루의 검을 들고 무림의 악인들을 쓸어 버리던 멸천대제(滅天大帝)라는 자가 있었다. 고강한 무공과 정파에 걸맞은 대쪽 같은 성격은 많은 무인들의 귀감이 됐다.

그리고 우금명이 바로 그 한 시대를 풍미한 멸천대제의 하나뿐인 제자였다.

우금명이라면 적월 또한 잘 알고 있다.

마교 교주로 살아가던 그 당시에도 우금명은 무림에서 이름 쟁쟁했던 고수였다.

물론 그때까지만 해도 우금명이 무림맹의 맹주가 될 줄은 적월 또한 몰랐지만 말이다.

마교의 전례, 무림맹 맹주에 오른 시기, 그리고 다소 불분명한 신분까지…… 그 모든 것이 적월의 시선에 걸리고 있다.

문제는 의심이 가지만 정확한 물증이 없다는 거다.

적월은 의자에 털썩 주저앉아 손에 들고 있던 종이를 펼쳤다.

무림맹 맹주의 거처는 아무나 드나들 수 있는 곳이 아니다. 그러했기에 적월도 현 맹주인 우금명에 대해 캐는 것이 그리 쉽지 않았다.

수십 명의 정보가 적힌 종이를 뚫어져라 바라보던 적월이 이내 마음의 결단을 내렸다.

그러고는 손에 들린 종이를 한 장씩 살피기 시작했다.

정확하게 서른네 명에 대한 정보, 적월의 손이 빠르게 그들을 분류하기 시작했다.

왼편에 스물아홉 장, 그리고 우측에 다섯 장…….

적월은 왼쪽으로 분류했던 자들의 정보를 봇짐 속에 다시 쑤셔 박았다.

그리고 나머지 다섯 명의 정보는 접어서 가슴팍 안에 넣었다.

당장에 맹주부터 캐 보는 건 무리가 있다.

그랬기에 우금명을 제외한 다른 의심 가는 자들을 먼저 뒷조사해 보려는 것이다.

정말로 무림맹이 이미 명객의 손에 들어갔다면 그들은

고작 맹주 하나를 바꾸는 선에서 그치지 않았을 것이다. 무림맹의 요소요소를 장악하고 있을 게 분명하다.

그랬기에 적월은 무림맹의 실권을 잡고 있는 다섯 명으로 우선 범위를 추린 것이다.

하지만 이들이 명객인지 아닌지 어떻게 파악해야 할지 적월로서는 쉬이 감이 오지 않았다. 그들이 수상한 행동을 취해 준다면 더할 나위 없이 고맙겠지만 과연 그럴 확률이 얼마나 될까.

적월은 턱을 괸 채로 생각에 잠겼다.

'우선은 그놈들에게 감시를 붙여야 하는데……'

쉽지 않은 일이다.

적월이 분류한 건 다섯 명, 개중에 맹주를 제해도 넷이다.

그 넷을 적월 홀로 감시할 수는 없는 노릇이다. 더군다나 의심을 받지 않기 위해서는 묵혼대 이조 부조장의 임무도 수행해야 한다.

해야 할 건 많은데 적월의 몸은 혼자이니 이게 문제다.

그나마 그들을 감시할 만한 자들이라면 살문 살수들인데……

적월은 고개를 저었다.

적월이 조사하려 마음먹은 무림맹의 인물 모두 보통 놈

들이 아니다.

제아무리 살문 살수들이 은신술에 뛰어나다 해도 얼마나 걸릴지 모르는 그 오랜 시간을 주위를 맴돌며 캐고 다니는 건 불가능하다.

적월은 머리카락만 만지작거렸다.

딱히 답이 나오지 않는다.

지극히도 적은 정보, 그랬기에 적월로서도 손을 쓸 수 있는 것이 정해져 있다.

문득 염라대왕이 떠올랐다.

수많은 하급 요마들을 풀어놓고 정보를 긁어 대고 있으니 무엇인가 알아낸 것이 있지 않을까 해서다. 하지만 그랬다면 아마도 염라대왕이 먼저 적월에게 연락을 취했을 터, 뭔가 알아낸 것이 있다 해도 그리 큰 단서는 되지 못할 것이다.

염라대왕에게 향했던 생각을 접어 가던 적월은 갑자기 무엇인가를 생각해 내고는 자리에서 벌떡 일어났다.

어떻게 하나 고민만 가득했던 얼굴에 다른 감정이 감돌고 있다.

'젠장, 왜 여태까지 그걸 생각 못 했지?'

적월의 뇌리를 스치고 지나간 것은 다름 아닌 하급 요마였다.

단 한 번도 그들을 부릴 생각은 해 본 적이 없다.

멍청했다. 왜 그런 좋은 수하들을 놔두고 여태껏 쓰지 않았단 말인가.

애초부터 관심도 없었고 그들의 능력이 무엇인지도 모른다. 하지만 적어도 지옥의 요괴라면 무엇인가 능력 하나 정도는 있지 않겠는가?

적월은 하급 요마에게 연락을 취하기 위해 방을 박차고 나가려다 멈칫했다.

이유는 간단했다.

하급 요마와 연락을 취할 방도가 없었기 때문이다.

하지만 적월은 포기하지 않았다.

'분명 방법이 있을 텐데.'

지옥의 요괴들이 지상에 오지 못하는 것과 다르게 하급 요마들은 허락만 받으면 자유자재로 이승과 저승을 오간다.

그리고 실제로 염라대왕은 명객을 조사하기 위해 수많은 하급 요마들을 지상으로 올려 보냈다.

직접 하급 요마를 본 것은 염라대왕과 연락을 취했던 그때뿐이었다.

처음은 그렇다 쳐도 두 번째로 하급 요마가 찾아온 날은 적월이 요력을 사용할 수 있게 된 바로 그날이다. 그리고 그 사실을 어떻게 알았는지 염라대왕이 바로 연락을 취해 오지 않았던가.

그들이 적월이 힘을 되찾은 것을 알아챈 이유는 바로 요력을 느꼈기 때문이다.

그 요력을 읽은 하급 요마가 지옥에 연락을 취했을 테고, 바로 염라대왕이 적월에게 연락을 취해 왔던 것이다.

그렇다면 방법이 있다.

하급 요마들은 중원 곳곳에 있다. 더군다나 이곳은 무림맹이 있는 장사다. 이런 큰 마을에 요마가 없을 거라는 생각이 들지 않는다.

다만 지금 적월이 하려는 방법은 반쯤 위험 부담이 있는 일이기도 했다.

고민은 잠시였다.

마음을 정한 적월은 명패만 달랑 챙기고는 황급히 방을 벗어났다.

설화가 말한 묵혼대의 인물들과 상견례까지 반 시진이 조금 더 남았다.

그 전에 적월은 할 일을 마치고 이곳 무림맹으로 돌아와야 했다.

적월은 빠르게 무림맹의 입구로 향했다.

묵혼대 부조장이라는 확실한 신분이 있는 덕분에 무림

맹을 드나드는 것 자체는 일도 아니었다.

바로 무림맹 바깥으로 걸어 나온 적월이 향한 곳은 장사의 번화가였다.

시끌시끌.

대낮은 시장은 오고 가는 수많은 인파로 북적거렸다.

적월은 자연스럽게 그 많은 인파들 사이로 묻혔다. 사람들 사이에 숨은 적월이 향한 곳은 시장 골목 사이에 숨겨져 있는 은밀한 장소였다.

일각가량을 시장을 돌던 적월은 이내 적합한 장소를 찾아내고는 그 골목길 안으로 들어섰다.

무척이나 좁고 옆에 있는 건물의 지붕에 가려져 햇빛조차 잘 들지 않는 곳이다.

적월은 슬쩍 주변을 두리번거리더니 이내 검지를 들어 올렸다.

소량의 요력이 손가락 끝에서 맴돌았다.

적월은 요력에 감싸인 손가락을 벽에 가져다 댔다. 그리고 곧 적월의 손가락의 움직임에 따라 벽에 구멍이 움푹 생겨나기 시작했다.

글자를 벽에 새겨 넣은 적월이 검지를 천천히 떼어 냈다.

그리고 벽에는 놀라운 일이 벌어져 있었다.

파여 버린 벽에는 타는 듯한 붉은 글씨가 새겨진 상태였다. 물론 그러한 붉은빛은 점점 사라지며 자국만이 남았지만 말이다.

적월이 남긴 글귀는 간단했다.

왕(王)

단 한 글자에 불과했지만 수많은 의미를 내포한 글귀였다.

과연 이것만으로 글자를 남긴 자가 자신이고, 또 무림맹으로 찾아올 수 있을지 의문이 들 수도 있지만 정작 당사자인 적월은 그리 생각하지 않았다.

애초부터 염라대왕은 하급 요마들을 시켜 적월의 위치를 항시 파악하고 있다.

적월이 무림맹에 들어간 지 사 일이 지났다. 이 정도라면 이미 하급 요마들 또한 적월 자신이 어디 있는지 정도는 미리 파악하고 있으리라.

그리고 왕이라는 글자를 사용할 수 있는 이는 하급 요마들의 입장에서는 단둘뿐이다.

염라대왕과 지옥왕인 적월.

하지만 염라대왕은 지옥에서 나오지 못하니 당연히 이

글자를 남긴 게 적월이라는 걸 금방 알아차릴 것이다.

이토록 간단한 글귀를 남긴 이유는 바로 명객 또한 이곳 장사에 있을 확률이 커서다.

적월이 남긴 글자에는 미약하지만 요기가 흐르고 있다. 멀리서는 알아차리지 못하겠지만 근처까지 온다면 아마도 글자에 머무르는 요력을 알아차릴 것이다.

만약 재수 없게 하급 요마가 아닌 명객이 이 글자를 발견한다면?

원하는 바는 이루지 못하겠지만 적월로서도 아무것도 잃을 것이 없다.

왕이라는 글자 하나를 보고 하급 요마들은 많은 걸 알 수 있지만 명객들은 그 어떠한 것도 알아낼 수 없으니까.

그것이 바로 적월이 간단하게 글귀를 남긴 이유다.

할 일을 다 했다 생각한 적월은 시장 골목을 빠져나왔다. 그러고는 뒤도 돌아보지 않고 왔던 길을 거슬러 무림맹을 향해 걷기 시작했다.

슬쩍 하늘을 올려다보니 해가 서서히 중천을 향해 나아가고 있다. 일을 빨리 처리한 덕분에 다행히도 묵혼대에서의 첫 대면을 늦을 것 같지는 않다.

적월은 발걸음을 보다 빨리했다.

　　　　　*　　　　　*　　　　　*

　점심 무렵부터 시작했던 묵혼대와의 만남은 꽤 길어졌다. 간단하게 인사 정도만 하고 끝날 줄 알았지만 그게 전부가 아니었다.

　새로 인사를 하게 된 것은 적월뿐만이 아니었다.

　오늘은 묵혼대가 설화의 말대로 그 세를 확장하며 새롭게 편제를 개편하는 날이었던 것이다. 그 탓에 새롭게 개편된 조들끼리 수많은 말들과 함께 이런저런 조율들을 주고받았다.

　무려 삼십 명 가까이 되는 자들이 오늘 새로이 묵혼대에 편성됐다.

　하지만 이 같은 일에 조금의 관심도 없는 적월로서는 그저 모든 것이 귀찮을 뿐이었다. 다만 묵혼대 부조장의 신분을 유지하기 위해 적월은 어쩔 수 없이 자리만 지키고 있었다.

　일조 조장 백불이는 오늘도 모습을 보이지 않았다.

　적월에게 단 일격에 당한 이후 백불이는 자신의 방에서 나오지 않았다. 아직 그때 당한 공격에 몸이 정상이 아니라고는 하지만 아마도 고개를 들고 다니기 부끄러운 탓이리라.

긴 이야기가 끝나고 적월이 다시금 자신의 거처로 돌아온 것은 그로부터 무려 네 시진 가까이가 지난 후였다.

오랜 시간을 쓸데없는 데 허비했다는 생각 탓인지 적월의 얼굴에는 짜증이 고스란히 묻어나고 있었다.

머무는 거처를 일부로 가깝게 잡은 탓에 적월과 설화는 함께 걷고 있었다.

적월이 질린다는 얼굴을 한 채로 말했다.

"설마 맨날 이래?"

"오늘은 조금 특별한 날이라 길어진 겁니다."

"하아."

적월은 길게 한숨을 내쉬었다.

그때 옆에서 같이 걷고 있던 설화가 주변에 아무도 없음을 확인하고는 조용히 물었다.

"무슨 이유로 무림맹에 들어왔는지 물어도 됩니까?"

"아니."

적월은 생각해 볼 것도 없다는 듯이 설화의 말을 잘라 버렸다.

다른 사람은 몰라도 설화는 이미 천왕문까지 본 상태다. 어느 정도 이야기를 해 준다 해도 별로 탈이 될 건 없지만 굳이 구구절절 떠들고 싶은 기분이 아니었다.

그리고 적월이 그처럼 말을 자르자 설화 또한 그것에

대해 더는 묻지 않았다.

둘 사이에 다시금 침묵이 감돌았다.

그리고 그 긴 침묵을 깬 것은 이번에도 설화였다.

"예전부터 궁금했던 건데…… 인간은 맞습니까?"

설화의 뚱딴지같은 질문에 적월은 표정을 구기며 대답했다.

"지금 그걸 말이라고 하냐?"

"기분 상하셨다면 사과하죠. 그냥 오래전부터 궁금해서 물어본 겁니다."

굳이 직접 듣지 않아도 설화가 왜 그런 질문을 했는지 적월이 모를 리가 없다.

눈앞에서 지옥문을 여는 것을 보았는데 어찌 자신이 보통 사람으로 보이겠는가.

적월이 입을 열었다.

"나름대로 특이한 사정이 있긴 하지만 사람은 맞아."

"알겠습니다. 그리 알고 있지요."

설화가 고개를 끄덕였다.

적월은 슬쩍 곁눈질로 설화의 옆모습을 살폈다. 머리를 질끈 올려 맸고 두 눈은 역용술을 이용해 살짝 날카롭게 바뀌었다.

어떻게 보면 남자라 생각할지도 모르겠지만 설화의 정

체를 아는 적월의 입장으로서는 어떻게 봐도 그저 여인으로 보일 뿐이다.

둘은 그 대화 이후 별반 말없이 자신들의 거처로 돌아왔다.

막 적월이 거처의 입구에 들어서려고 할 때였다.

뒤편에서 따르던 설화가 입을 열었다.

"앞으로의 일 때문에 드릴 말이 있는데 들어가도 될까요?"

"그거야……."

그러라고 고개를 끄덕이려던 적월이 갑자기 표정을 바꿨다.

"아니, 오늘은 하도 오래 서 있었더니만 좀 피곤하네. 이야기는 나중에 하고 어서 들어가서 쉬라고."

말을 마친 적월은 도망치듯 방문을 열고 안으로 들어섰다. 방 안으로 들어선 적월이 천천히 침상으로 걸어가 걸터앉았다.

그러고는.

"이만 나와."

아무도 없는 방 안에서 적월이 미친 사람처럼 말을 내뱉었다. 바로 그 순간 침상 아래에서 무엇인가 괴상한 것이 모습을 드러냈다.

그 크기는 일곱 살배기 어린아이의 반 정도밖에 되지 않았고 흡사 화상을 입은 것처럼 새빨간 피부를 지니고 있었다.

조그마한 뿔 두 개가 머리 양쪽에 솟아 있고, 이마 정중 앙에는 보석을 연상케 하는 무엇인가가 박혀 있었다. 흉 측해 보일 법도 하련만 흡사 어린아이를 닮은 앳된 외모 덕분인지 오히려 귀엽다는 느낌마저 풍긴다.

바로 하급 요마였다.

하급 요마가 적월을 향해 무릎을 꿇었다.

"요마 풍천(風天), 지옥왕을 알현합니다!"

"다행히도 명객이 아닌 네가 먼저 발견한 모양이군."

"예! 혹시나 해서 보자마자 바로 흔적도 지워 버렸습니 다!"

자신을 풍천이라 밝힌 하급 요마가 목소리에 힘을 주며 말했다.

마치 칭찬이라도 해 달라는 듯이 외쳐 대는 요마의 말 투에 적월이 가만히 그를 바라봤다.

적월은 침상에 걸터앉은 채로 말을 이었다.

"도움이 좀 필요할 것 같아서 불렀는데 ……."

"무엇이든 시켜만 주세요. 뭐든 다 해내겠습니다."

"그래?"

열의에 불타는 풍천을 보며 적월이 잠시 생각에 잠겼다. 그러고는 이내 풍천을 향해 물었다.

　"너 이곳 장사에서 명객에 대해 뭐 알아낸 거 있냐?"

　"아뇨."

　"그럼 뭐, 놈들을 알아낼 묘책 생각해 본 건 있어?"

　"아. 아뇨."

　"그렇다면 요력은 좀 쓸 줄 아냐?"

　"그게…… 장작더미에 불 붙이는 정도……."

　풍천의 말을 듣고 있던 적월은 자신의 얼굴을 감쌌다. 이건 형편없어도 너무 없는 수준이 아닌가.

　괴로워하는 적월을 보며 풍천이 황급히 말했다.

　"그, 그래도 요기도 읽을 줄 알고, 또 요기를 이용하면 보통 사람의 눈에는 보이지 않을 수도 있어요!"

　풍천의 말은 적월에게 전혀 도움이 되지 않았다.

　적월이 조사를 하고 싶은 자는 명객이다. 그들은 요기를 읽을 수 있는 자들이니 그런 풍천의 자랑하는 능력은 전혀 도움이 되지 않았다.

　"하아."

　적월의 긴 한숨에 풍천은 깜짝 놀랐다.

　흡사 버림받기 전의 강아지처럼 자신을 바라보는 풍천의 눈을 묵묵히 쳐다보던 적월은 그의 큰 귀를 바라봤다.

그러고는 이내 뭔가를 생각해 내고는 사악한 미소를 머금었다.

적월이 시무룩해하고 있는 풍천의 어깨에 손을 얹으며 빙그레 웃었다.

그런 적월을 향해 풍천이 마찬가지로 기뻐하고 있을 때였다.

미소를 머금은 적월이 천천히 입을 열었다.

"할 줄 아는 게 없으면 몸으로라도 때워야지?"

*　　　*　　　*

"이건 정말 아닌 것 같습니다."

말을 하는 요마 풍천의 얼굴은 새파랗게 질려 있었다. 붉은 피부의 그가 이토록 겁을 집어먹은 모습이 새삼 웃기긴 했지만 적월은 짐짓 노한 척 입을 열었다.

"뭐든 한다 하지 않았더냐."

"그, 그렇긴 합니다만……."

"너의 장작더미에 불 붙일 수 있는 정도의 요력은 전혀 도움이 안 돼. 그렇다면 다른 능력을 써야 하지 않겠어?"

말을 마친 적월이 풍천의 턱을 잡고 천천히 옆으로 돌렸다. 그곳에는 무림맹 내부에 있는 누군가의 거처가 있었다.

커다란 장원, 보통 신분의 인물이 머무는 곳이 아니다.

풍뇌산인(風雷散人) 천노대(天老大)라는 거창한 별호를 지닌 자가 바로 저곳에 있다.

천노대는 무림맹 내에서 실무를 담당하는 자다.

그리고 바로 그가 적월이 의심하고 다섯 명 중 일인이기도 했다.

이 늦은 밤 요마 풍천을 데리고 이곳으로 온 것은 바로 적월이 의심하고 있는 그들을 조사하기 위해서였다.

그리고 이토록 풍천이 죽상을 하고 있는 것은 다 이유가 있었다.

풍천의 입장에서 적월은 지금 상상도 하기 끔찍한 계책을 준비해 버렸다.

그건 다름 아닌 유인책이다.

적월이 짠 계획은 이러했다.

그들에게 직접 가서 명객인지 아닌지 물을 수 없다면 그들이 본모습을 드러내게 하면 된다. 그러기 위해서는 무엇을 해야 할까?

요력을 사용하여 몸을 감추는 요마들을 본다는 것은 그에 맞는 능력을 갖추고 있어야만 가능하다. 한마디로 요기를 읽을 수 있는 자만이 몸을 감춘 하급 요마를 볼 수 있다는 소리다.

그랬기에 적월은 풍천을 자신이 의심하는 자들의 거처로 데리고 가 그들이 요기에 반응을 하는지 확인하려는 것이다.

명객은 요기에 반응하는 자들이니 하급 요마의 요기 정도라도 단번에 알아차릴 수 있을 게 분명했다.

물론 이 방법이 무조건 통할 거라 생각하는 건 아니다. 하지만 적어도 충분히 도전해 볼 만한 가치 정도는 있다고, 적월은 그리 판단했다.

천노대의 장원 안쪽을 모두 살필 만한 높은 나무에 자리한 적월이 아직까지 안절부절못하고 있는 풍천을 향해 말했다.

"안 가고 뭐 해?"

"저, 정말 합니까?"

"걱정하지 말라니까. 만약에 놈이 널 죽이려 한다면 내가 나선다고. 뭐가 걱정이야?"

"……."

풍천이 키 차이가 확연한 적월을 힐끔 바라봤다.

솔직히 말해 그럴 것 같지 않다는 말이 목구멍까지 치솟는다.

하지만 차마 그런 말은 할 수가 없었는지 풍천은 눈을

꽉 감고 나무 아래로 기어 내려갔다.

나무 아래로 내려선 풍천이 조심스럽게 천노대의 장원 입구로 향했다.

그리고 입구에 도착하자 고개를 돌려 나무 위에 몸을 감추고 있는 적월을 바라봤다.

망설이는 풍천을 향해 적월이 무섭게 노려보자 그는 황급히 고개를 돌렸다.

그러고는 눈을 꾹 감은 채로 천천히 요기를 흘려 보내기 시작했다.

적월은 풍천이 요기를 뿜어내자 바로 장원 안을 살폈다. 만약 상대가 요기를 읽을 수 있는 자라면 무엇인가 반응이 있을 터.

사실 적월 혼자였다면 이런 식으로 명객을 유인하지는 않았을 것이다.

적월의 요기는 상상 이상이다.

만약 그런 적월이 요기를 풀기 시작하면 아마 상대는 바로 줄행랑을 칠 것이다. 그리고 그것이 아니더라도 적월이 원하는 것은 명객 한 명을 죽이는 것이 아니었다.

바로 이 무림맹에 뿌리를 내리고 있는 명객 놈들을 뽑아 버리려고 하는 것이다.

그러던 차에 나타난 하급 요마 풍천은 딱 좋은 대상이

었다.

하급 요마답게 많지 않은 요기는 결코 명객에게 위협이 되지 않는다.

하지만 주변에서 요기가 풍겨 대니 명객의 입장에서는 신경이 쓰이지 않을 리가 없고 어쩔 수 없이라도 움직이게 될 공산이 크다.

그 때였다.

후다닥.

뭔가가 달리는 소리에 적월의 시선이 아래로 향했다.

잠깐 요기를 뿜어 대던 풍천이 이내 이 정도면 됐다고 생각하는지 다른 곳으로 줄행랑을 치는 것이 아닌가.

그 모습에 적월은 자신도 모르게 피식 하고 웃음을 흘려 버렸다. 하급 요마를 본 적이 있긴 하지만 결코 저런 모습을 생각해 본 적이 없다.

이내 웃음을 거둔 적월이 다시 한 번 장원 안을 살폈다.

장원 안은 침묵으로 가득했다.

'여긴 아니군.'

하지만 아직 끝이 아니다. 남아 있는 자가 무려 네 명이나 있으니까.

적월이 풍천이 도망치는 곳을 향해 먼저 몸을 날렸다.

그러고는 달려가는 그의 앞으로 뚝 떨어져 내렸다.

풍천은 하늘에서 떨어져 내린 적월 때문에 크게 놀랐지만 이내 놀란 가슴을 쓸어내렸다. 상대가 적월이라는 걸 알았기 때문이다.

하지만 그렇게 안심하는 풍천의 목덜미를 움켜잡은 적월이 말했다.

"아직 몇 군데나 더 남았어. 어서 가자."

풍천이 질린 얼굴로 적월을 바라봤다.

지독하다.

웃고 있는 얼굴이 이토록 무서울 수 있다는 걸 풍천은 처음 알았다.

풍천이 울상을 지었다.

명객보다 지독하고 무서운 자는 평생 처음이다.

의심이 가는 자는 다섯, 하지만 무림맹 맹주의 거처는 너무나 많은 눈이 있었기에 준비도 되지 않은 지금은 무리다.

그러했기에 적월은 네 명의 뒷조사만 하기로 마음먹었다.

그리고 적월은 천노대의 장원을 뒤졌던 방법으로 다른 곳도 조사하기 시작했다.

계속해서 공포에 떨며 요기를 발산해야만 하는 풍천의

입장으로서는 죽을맛이었지만 정작 당사자인 적월은 그런 것에 별로 신경 쓰지 않는 눈치였다.

그렇게 세 곳을 돌았지만 뒤에 두 곳도 천노대의 장원처럼 아무런 기척도 느껴지지 않았다. 명객이라면 분명 요기를 느끼고 조그마한 반응이라도 있어야 정상이거늘 세 곳 모두에서 아무런 일도 없자 적월은 슬쩍 초조한 생각이 들었다.

마지막으로 향한 단창묘호리(短槍妙狐狸) 무진충(舞振充)의 거처 부근에 몸을 감춘 적월이 괜히 옆에 있는 풍천에게 불만을 토해 냈다.

"제대로 요기를 뿜어 대는 거 맞아? 왜 아무도 반응이 없어."

"글쎄요."

"한 번 할 때 제대로 하자. 이들 다섯이 아니면 서른 명 가까이를 다시 뒤져야 하거든? 그것도 하고 싶어?"

적월의 협박에 가까운 질문에 풍천은 고개를 마구 저었다.

언제 명객이 튀어나와 자신을 죽일지도 모른다는 공포심을 며칠 동안이나 느끼고 싶지는 않다.

풍천에게 제대로 하라고 타박을 주었던 적월의 시선이 무진충의 거처 안으로 향했다.

단창묘호리라는 신묘한 별호를 지닌 자.

이자에 대해서는 적월 또한 아주 잘 알고 있다.

두 개의 짧은 단창을 휘두르는 사내로 지금 적월의 나이쯤에 처음으로 무림에 모습을 드러낸 자다. 젊은 나이부터 무림에 두각을 드러낸 그는 수많은 사파의 무인들과의 싸움에서 승리를 거둬 냈다.

무진충의 손에 죽은 사파의 무인들이 얼마나 되는지 그 숫자를 헤아리기 힘들 정도라고 할 정도로 뼛속까지 정도를 걷는 자가 바로 그다.

마교 교주였던 때도 직접 본 적이 있는 자로 그 성품이 무척이나 올곧아 보였던 자다.

'재미있는 놈이었지. 단창 두 자루를 휘두르던 모습도 아직 기억나는데……'

적월이 무진충을 봤을 때 그의 나이가 서른 정도였으니 이제는 오십 줄에 가까워졌을 것이다.

당시에도 그토록 강했거늘 이제는 세월이 흘러 연륜까지 쌓였을 게다.

그때와는 비교도 할 수 없이 강해졌음은 분명하다.

무진충에 대해 어느 정도 알고 있는 적월이었기에 이곳에 서 있으면서도 망설여진다.

과연 이자가 명객일까?

자신이 조사하기로 마음먹은 다섯 명 중 끝까지 고민을 하게 만든 자가 바로 이자 무진충이다.

뺄까도 생각해 봤지만 무림맹에서 무진충이 지니는 비중은 보통이 아니다. 그러했기에 고민은 되었지만 그 다섯 명의 목록 안에 넣은 것이기도 했다.

적월은 나무 위에서 천천히 허리를 폈다.

'답은 곧 나오겠지.'

무진충이 아니라면 아까 풍천에게 말한 것처럼 나머지 스물아홉 명에게도 이 같은 일을 벌이며 하나씩 확인해야 한다.

그것은 보통 손이 가는 일이 아닐 터.

적월이 옆에 서 있는 풍천을 향해 고갯짓을 하며 명을 내렸다.

"가 봐."

"넵!"

마지막이라는 생각 때문인지 풍천이 힘차게 고개를 끄덕이고는 나무 아래로 몸을 던졌다. 그러고는 이번에도 여태까지와 마찬가지로 입구 앞에 선 풍천이 천천히 요기를 개방시켰다.

싸아.

서늘한 기운이 적월의 등 뒤로도 스치고 지나간다.

하급 요마의 요기가 사방으로 퍼져 나간다는 신호. 적월의 시선이 무진충의 거처 안으로 향했다.

불 하나 켜지지 않는 무진충의 거처를 바라보던 적월이 씁쓸하게 입맛을 다셨다.

아무런 것도 보이지도, 느껴지지도 않는다.

'틀린 건가?'

아래쪽에서는 이미 요기를 뿜어 대던 풍천이 황급히 달리기 시작했다.

그럼에도 불구하고 아무런 반응도 없는 안쪽을 보며 적월 또한 나무 아래로 슬슬 내려서려고 할 때였다.

오싹.

소름이 전신을 맴돈다.

적월은 그 순간 바로 손을 뻗었다.

적월 쪽을 향해 달려온 덕분에 풍천과의 거리가 그리 멀지 않았다.

파악!

풍천의 몸이 적월의 내공에 휩쓸려 그대로 나무 위로 빨리듯이 올라왔다.

허공섭물을 통해 적월에게 날아든 풍천이 당황하며 입을 열려고 할 때였다. 적월은 손으로 풍천의 입을 틀어막았다.

그리고 바로 그 때였다.

담벼락 안에서 누군가가 날아올랐다.

휘릭!

안쪽에서 나타난 그자의 양손에 들려 있는 단창, 하지만 무엇보다 놀라운 것은 바로 그 사내의 표정이었다.

적월은 표정을 슬쩍 구겼다.

흡사 귀신을 본 것만 같다.

얼굴이 사람의 형상이 아니다.

일그러진 얼굴, 그리고 전신에서 흘러나오는 기운은 소름이 끼친다.

단창묘호리 무진충이다.

당장엔 명객을 찾았다는 것보다 그의 끔찍한 모습이 더 적월의 관심을 끌었다.

무진충은 미친 듯이 주변을 두리번거렸다.

그리고는 자신의 팔을 이빨로 꽉꽉 깨물어 댔다.

피가 터져 나온다.

하지만 무진충은 그러한 것을 전혀 개의치 않는 듯했다. 아니, 오히려 그러한 것에서 묘한 쾌감을 느끼는 것 같았다.

무진충은 자신의 팔에서 흘러나오는 피를 아쉽다는 듯이 핥아 먹기 시작했다.

그 모습을 본 풍천이 두 눈을 질끈 감았다.

그리고 적월은 그런 무진충을 무심한 눈동자로 내려다 보고 있었다.

예전의 자신의 기억에 있던 무진충이라는 사내와 너무나 달라진 모습, 결코 인간 같아 보이지 않는 그 모습에 적월의 표정이 점점 차갑게 변해 간다.

'완전히 미쳤군.'

주변을 두리번거리던 무진충은 아무런 것도 보이지 않자 이내 조그마한 목소리로 중얼거렸다.

"분명 요마의 냄새가 났는데……."

하지만 이미 완벽하게 몸을 감춘 적월을 찾을 수 없었는지 무진충이 다시금 자신의 거처 안으로 돌아갔다.

그가 사라졌음에도 불구하고 그 자리에는 여전히 스산한 기운이 맴돌았다.

너무나 섬뜩한 기운. 그리고 스스로 내뱉었던 말까지 들었다.

굳이 고민할 필요도 없이 적월은 무진충이 명객이라는 확신을 가질 수 있었다.

운이 좋았다.

이러한 방법으로 명객을 찾을 확률은 삼 할을 넘지 못할 거라 생각했는데 엄청난 수확이다.

적월이 꽉 막았던 풍천의 입에서 손을 뗐다. 그러자 풍천이 거칠게 참았던 숨을 토해 냈다.

"파아!"

힘겹게 숨을 몰아쉬는 풍천을 향해 적월이 입을 열었다.

"풍천, 시킬 게 있다."

"이 일만 아니라면 뭐든지 할 수 있습니다."

"그래? 다행히 더는 밤마다 이런 일은 안 해도 될 것 같아. 꼬리를 잡았으니까."

"휴, 다행입니다. 그러면 제가 할 일이 무엇입니까?"

풍천이 안도한 표정으로 적월에게 물었다.

그리고 그런 풍천을 향해 적월이 갑자기 고개를 돌렸다.

얼굴을 마주하는 순간 풍천은 왠지 알 수 없는 긴장을 느껴야만 했다.

바로 그 때 적월의 명령이 떨어졌다.

"무진충을 감시해."

"네?"

"지금 본 저놈을 감시하라고."

"어, 어찌 그걸 제가 할 수 있겠습니까. 전 저자에게 가까이 가면 바로 들켜서 죽습니다. 제발 자비를 베풀어 주세요⋯⋯."

명객과 마주한 것만으로 다리가 덜덜 떨린다.

더군다나 저자는 흡사 미친 것만 같았다.

저런 놈의 눈에 들킨다면 당장에 사지가 찢겨져 나갈 것이다. 그런 자를 어찌 자신이 감시할 수 있단 말인가.

공포에 젖은 눈으로 자신을 쳐다보는 풍천을 향해 적월이 다시금 말했다.

"누가 바짝 붙어서 다니래? 그게 불가능하다는 것 정도는 나도 알고 있어."

애초부터 그런 것까지 바란 게 아니다.

다만 하급 요마의 특성상 마음만 먹으면 사람들의 눈에 모습을 드러내지 않을 수 있다.

그만큼 무림맹 내부에서 몸을 감추기 쉽다는 말이 된다.

적월이 말을 이었다.

"놈이 보이지 않을 만큼 멀리 떨어져 있어도 상관없어. 단 무진충 저자가 어디를 갔는지, 그리고 또 누구를 만났는지만 보고해. 대낮엔 내가 해야 할 일이 있어서 저놈을 쫓아다닐 수가 없거든."

그것도 그리 쉬운 임무는 아닐 것이다.

하지만 지금 이 일을 해 줄 수 있는 것은 풍천이라 불리는 이 하급 요마밖에 없다.

적월의 말을 들은 풍천은 죽을상을 하고 있었다.

정말로 이 임무만큼은 하고 싶지가 않다.

하지만…….

적월이 머뭇거리며 눈치를 보는 풍천을 향해 두 눈을 매섭게 치뜨며 말했다.

"대답 안 해?"

"하, 할게요."

풍천이 눈을 꽉 감으며 대답했다.

第七章
단창묘호리
(短槍妙狐狸)

잠이나 자는 게 낫겠군

　적월이 무림맹에 들어선 지 어언 보름이 훌쩍 넘어가고
있었다.

　처음엔 무림맹이라는 이름 때문에 거리감이 느껴졌는
데 막상 안에서 생활해 보니 크게 다를 것도 없다는 생각
이 들었다.

　물론 마교와 다르게 무림맹은 정해진 규율대로 움직인
다는 느낌은 받긴 했지만 그건 생각하기 나름이기에 적월
은 그리 불편한 걸 느끼지 못했다.

　더군다나 설화가 귀찮은 일들을 사전에 막아 주니 무림
맹 내부에서 명객을 찾아야 하는 적월의 입장으로서는 자

신만의 시간을 많이 가질 수 있어서 좋았다.

적월의 하루는 간단했다.

오전과 오후는 묵혼대의 부조장으로서의 일을 한다. 물론 그렇다고 해서 아직까지 딱히 적월이 무엇인가의 임무를 수행한 것은 아니다.

묵혼대 자체를 재편성하는 과정이기에 지금은 내부를 다지는 일에 열중인 그들이다. 덕분에 무림맹을 비우고 외부를 돌아다닐 일은 없다는 사실이 적월은 무척이나 만족스러웠다.

단창묘호리 무진충이라는 꼬리를 잡은 지금 적월의 관심사는 온통 그에게 쏠려 있기 때문이다.

그렇게 오전 오후를 보내고 나면 적월은 하급 요마 풍천과 만난다. 풍천은 적월이 묵혼대에서 시간을 보내는 동안 무진충이 만났던 사람과 갔던 곳에 대해 말해 준다.

그리고 그때부터 적월은 풍천을 대신해서 무진충을 감시하기 시작한다.

하루에 자는 시간은 반 시진도 되지 않는다. 그것도 대부분이 잠깐 잠깐 쪼개서 눈을 붙이는 정도다.

덕분에 적월은 요새 하품이 잦아졌다.

"하암."

적월이 길게 하품을 하며 눈물 맺힌 눈가를 닦아 냈다.

무진충의 감시가 끝나고 잠깐 눈을 붙였다가 바로 묵혼대의 무인들과 합류했다.

요새 들어 피곤해하는 적월을 설화는 이상하다는 듯 바라보았지만 그것에 대해서는 아무것도 묻지 않았다.

크게 벌렸던 입을 다물며 멍하니 앉아 있는 적월을 향해 뒤편에 있던 수하 하나가 말을 걸어왔다.

"부조장님, 잠을 제대로 못 주무시나 봅니다. 얼굴이 많이 피곤해 보이시는데요."

적월은 힐끔 고개를 돌려 자신에게 말을 걸어온 상대를 바라봤다.

묵혼대 이조는 원래 설화까지 포함해 열한 명이었다. 하지만 이제는 몇 명이 더 늘어 그 수가 열여섯 명이 됐다.

사람 수는 제법 됐지만 개중에 적월이 이름이라도 알고 있는 것은 단 두 명뿐이었다.

무림맹에 처음 온 날 자신을 방으로 안내해 주었던 그들이었다.

한 명은 살짝 살집이 있는 데 비해 다른 한 명은 빼빼 말랐다.

통통한 쪽이 한광(翰廣), 마른 자는 백경낙(白卿駱)이라는 이름을 지닌 자들이다.

적월은 살갑게 다가오는 그들이 그리 싫지는 않았다.

"밤새 무공이라도 익히신 겁니까?"

처음 말을 걸었던 한광의 옆에 있던 백경낙이 적월에게 눈을 빛내며 물었다.

그 둘은 단 일격에 묵혼대 일조 조장 백불이를 쓰러트린 적월에게 막연한 동경을 지니고 있었다.

두 눈을 빛내며 자신을 바라보는 둘을 향해 적월이 손을 저으며 말했다.

"무공은 무슨…… 밤새 술이나 펐다."

"에이, 부조장님은 농담도."

"진짜라니까? 하도 먹어 댔더니 입안에서 술 냄새가 진동을 하는 게 안 느껴지냐?"

적월의 행동에 두 사내는 키득키득 웃어 댔다.

항상 같이 다니는 둘은 정말 절친한 벗처럼 보였다.

잠깐 농담을 주고받았던 적월이 한광과 백경낙을 바라보며 물었다.

"그런데 이건 무슨 일이냐?"

아침 식사를 마치고 연무장에 모이는 것은 묵혼대의 하루 일과 중 하나였다. 매일 반복되는 일, 한데 오늘은 평소와 조금 달랐다.

평소 묵혼대 연무장에 보이지 않던 고급스러워 보이는

의자들 몇 개가 가지런히 자리하고 있다. 그리고 햇빛을 가리기 위한 천도 장식되어 있었다.

적월의 질문에 젓가락을 연상케 할 정도로 마른 백경낙이 손바닥을 마주치며 대답했다.

"아, 부대주님은 처음이시겠군요."

"뭐가?"

"묵혼대는 한 달에 두어 번 정도씩 무림맹 고수분들을 초빙해 배움의 시간을 가집니다. 오늘이 바로 그날이고요."

"그래? 그런데 왜 난 몰랐지?"

적월이 이상하다는 듯이 되물으며 슬쩍 옆에 서 있는 설화를 바라봤다. 설화는 고개조차 돌리지 않았지만 그들이 나누는 대화를 듣지 못했을 리가 없다.

설화가 감정 없는 목소리로 말했다.

"관심 없을 줄 알고 애초에 말 안 했습니다."

딱히 대꾸할 말이 없는지 적월은 어깨를 으쓱했다.

솔직히 말해 틀린 말은 아니었으니까.

적월이 뒤편에 있는 두 명과 더 뭔가 이야기를 나누려고 할 때였다. 옆에 서 있던 설화가 입을 열었다.

"옵니다."

"어디 누가 우리를 가르치러 오나 어디 한번 볼까."

장난스럽게 말하며 고개를 돌리던 적월의 표정이 일순간 굳어져 버렸다.

묵혼대의 연무장에 모습을 드러낸 자는 적월 또한 잘 아는 자였기 때문이다.

적월의 얼굴에서 장난기가 사라졌다.

'단창묘호리잖아.'

놀랍게도 이곳 연무장에 묵혼대 대주 추량과 함께 모습을 드러낸 것은 무진충이었다. 그리고 그의 등장에 묵혼대 무인들은 탄성을 질러 대기 시작했다.

"오오! 무진충 대협이시다!"

무진충은 무림맹 내에서 알아주는 고수, 그런 그에게 가르침을 받을 수 있으니 어찌 무인으로서 기쁘지 않겠는가.

다른 자였다면 적월 또한 그러려니 하고 넘어갔을지도 모르겠다. 다만 그 상대가 무진충이라는 걸 보는 순간 적월은 불쾌함이 밀려들었다.

그날 밤의 기억이 떠오른다.

흡사 무덤에서 기어 나온 시체를 본 것만 같은 음습함이 아직까지도 기억난다.

그 흉측하게 변해 있던 얼굴이 이제는 인자한 미소로 뒤덮여 있다.

저 미소 뒤에 숨겨진 진짜 얼굴을 아는 적월이었기에 역겨움이 밀려온다.

인자하게 손을 들어 좌중을 진정시키는 모습을 보며 적월은 코웃음을 쳤다.

모두의 고함이 잦아지자 천천히 무진충이 연무장 위로 올라섰다. 무진충의 양 허리에는 그의 상징과도 같은 짧은 단창 두 자루가 달려 있었다.

나이 때문에 점점 희끗희끗하게 변해 가는 머리카락, 그리고 사람 좋아 보이는 얼굴은 그에게서 대협과도 같은 풍모를 풍기게 했다.

연무장 위에 선 무진충이 입을 열었다.

"나 단창묘호리 무진충, 무림 후학들 앞에 이리 서게 된 것을 무한한 영광이라 생각하네."

포권을 취하며 예를 취하는 그를 보며 묵혼대의 무인들은 짧은 탄성을 토해 냈다.

무진충은 무림맹의 실세 중 하나다.

같은 무림맹 소속이라 해도 실제로 무진충 정도 되는 무인을 이리 가까이서 보는 건 그리 쉬운 일이 아니다.

이들이 흥분하는 것은 당연했다.

무진충의 인사가 끝나자 묵혼대의 대표로 대주 추량이 나섰다. 앞으로 걸어 나간 그가 포권을 취하며 무진충을 향해 예를 갖추었다.

"묵혼대 대주 추량, 인사드립니다."

"허허, 추 대주가 노고가 많소이다."

"노고는요. 이토록 먼 걸음 해 주셨으니 그저 감읍할 뿐이지요."

"아니외다. 이렇게 늠름한 후학들을 가르치는 것이 나의 유일한 기쁨이오."

가만히 이야기를 듣고만 있던 적월은 자신도 모르게 웃음을 터트릴 뻔했다.

하지만 터져 나오려는 웃음을 억지로 참으며 적월은 애써 시선을 옆으로 돌렸다.

그런 적월의 행동을 모르는 무진충은 추량과 짧은 인사를 나누고는 그대로 연무장 위에 선 채로 자신의 이야기를 시작했다.

"후학들에게 무슨 이야기를 해 줘야 하나 밤새 고민했다네. 그러다 결국 내가 가장 자신 있어 하는 것에 대해 말해 줘야 하지 않나 하는 결론에 다다랐지."

말을 마친 무진충은 허리에 차고 있는 단창을 들어 올렸다.

무진충이 사랑하는 단창은 보통의 것보다도 그 길이가 더 짧았다. 그 길이는 고작 한 자가 조금 넘을 정도였다.

장정 사내를 기준으로 주먹에서 팔꿈치에 이르는 정도의 짧은 길이…….

많은 이들이 단창을 그리 효율성 있는 무기로 치지 않는다. 단창은 창의 긴 간격이라는 장점을 버린 무기이기 때문이다.

하지만 그로 인해 파생될 수 있는 수많은 공격 방식이 바로 단창의 장점이다.

검과 흡사하지만 사용 방법이 다른 것이 바로 단창이니까.

무진충은 단창을 든 채로 무엇인가 계속해서 열변을 토하기 시작했다.

그러한 무진충의 모습을 바라보던 적월은 길게 하품을 해 댔다.

솔직히 말해 열흘 밤낮을 자지 않고도 아무렇지 않은 적월이다. 하지만 앞에서 떠드는 무진충의 꼬락서니를 보고 있자니 절로 졸음이 밀려든다.

적월은 천근의 무게로 내려오는 눈꺼풀에 자리에 꼿꼿이 선 채로 조용히 눈을 감았다.

그리고 그 상태로 적월은 꾸벅꾸벅 졸기 시작했다.

이각가량이 지났을 무렵 한참을 열띠게 이야기를 하던 무진충의 시선에 적월의 모습이 들어왔다.

처음에는 잘못 본 줄 알았다.

하지만 다시금 자세히 살피자 자신의 생각이 틀리지 않음을 알아차렸다.

무진충으로서는 믿을 수 없는 일이었다.

모두가 두 눈을 빛내며 자신의 이야기를 경청하고 있다.

그런데 개중에 한 사내가 선 채로 잠을 자고 있으니 자신의 눈을 의심한 것도 이상한 일은 아니다.

무진충은 자신도 모르게 가슴 한편에서 무엇인가가 치밀어 오르는 것을 느꼈다. 하지만 무진충은 애써 그 광기를 가라앉혔다.

지금 이 자리에서 폭발시키면 안 되는 모습이기 때문이다.

화를 내는 것 대신 무진충은 웃음을 터트렸다.

"허허, 잠을 잘 정도로 내 이야기가 재미가 없는 모양일세."

무진충의 그 한마디가 터져 나오는 순간 주변의 모든 시선이 한 사람, 적월에게로 향했다. 잠깐 선 채로 잠을 자고 있던 적월은 사람들의 시선이 향하자 저절로 눈을 뜨고 고개를 들었다.

그리고 막 잠에서 깬 적월은 자신을 바라보고 있는 무

진충과 눈이 마주쳤다.

적월은 무진충을 보며 그냥 웃었다.

그리고 그 모습이 무진충을 오히려 화나게 만들었다.

입술을 잘근잘근 씹어 대던 무진충이 애써 웃으며 말을
이어 나갔다.

"자네는 누구인가?"

"묵혼대 이조 부조장입니다."

적월은 태연스레 대답했다.

그런 적월을 향해 무진충이 물었다.

"내 이야기가 재미가 없던가?"

"아닙니다. 다만 요새 일이 좀 있는 통에 잠을 제대로
못 자서 실례를 했습니다."

"그래?"

적월은 굳이 귀찮은 일을 만들고 싶지 않아 살짝 굽히
고 들어갔다. 하지만 정작 당사자인 무진충은 그런 적월
을 그냥 둘 생각이 없었다.

"마침 도와줄 사람이 필요했는데 잠시 위로 올라오겠는
가?"

손을 까닥이며 말하는 무진충을 보며 적월은 단번에 상
대의 속셈을 알아차렸다.

대놓고 어찌할 수는 없으니 뭔가를 가르쳐 준다는 것을

핑계 삼아 자신의 힘을 적월에게 보여 주려는 것이다.

보는 눈이 많으니 그저 가벼운 창피 정도 주려는 것이 겠지만 적월은 자신이 그런 용도로 사용되는 것을 원치 않았다.

하지만 상대는 적월이 무림맹에 들어와 유일하게 잡은 꼬리다. 놈을 끝까지 잡고 있어야 결국 몸통과 머리까지 모두 파악할 수 있다.

지금 괜히 무진충의 눈 밖에 나는 행동을 했다가는 추후의 일이 더 귀찮아질지도 모른다.

적월은 애써 자존심을 누르며 천천히 연무장 위로 올라섰다. 적월이 연무장 위에 오르자 무진충이 하던 말을 이어 나가기 시작했다.

"내가 방금 전에 말하던 단창의 운영을 보여 주겠네. 잘들 보게나."

무진충이 적월을 보며 입을 열었다.

"자네는 가만히 서 있으면 될 거야. 보고 나면 잠이 확 깰 테니 기대하게나. 내가 보여 줄 건 아주 간단한 두 초식이라네."

"그러죠."

말을 마친 무진충은 단창을 들어 올렸다.

평소 두 개의 단창을 사용하는 그이지만 지금은 뭔가를

시범 보이려는 것뿐, 굳이 두 개를 사용할 생각은 없어 보였다.

단창을 들고 있던 무진충이 슬쩍 곁눈질로 적월을 바라봤다.

그러고는 손을 움직였다.

파악!

단창이 순식간에 거리를 좁히며 적월을 파고든다.

적월은 눈 하나 꿈쩍하지 않았다.

단창이 가슴팍 부분에서 멈춰 섰다.

적월의 가슴 부분에까지 단창을 들이밀었던 무진충이 입가에 내심 자신 있는 미소를 머금은 채로 좌중을 둘러보며 말했다.

"이것이 단창의 찌르기네. 검에 비해서도 결코 모자라지 않지."

모두가 넋을 잃은 듯이 무진충의 말과 행동에 고개를 끄덕였다. 유일하게 설화만이 불편한 표정을 짓고 서 있었다.

무진충은 가만히 서 있는 적월을 보며 속으로 비웃음을 흘렸다.

눈 하나 깜짝하지 않은 것을 보고 자신의 공격이 너무나 빨라 채 반응도 하지 못했던 거라 생각한 탓이다.

하지만 그런 무진충의 생각과 달리 적월은 그 단창의 간격을 완벽하게 파악했기에 아무런 행동도 취하지 않았던 것이다.

무진충이 휘두르는 단창의 길이는 한 자 반…… 손을 뻗는다면 대충 세 자 반에서 네 자 정도의 거리가 한순간에 좁혀진다.

하지만 그 정도로 자신의 목숨을 취하지 못한다는 것 정도는 이미 완벽하게 계산이 된 후였다.

그런 적월의 속내도 모르고 무진충은 그의 어깨를 가볍게 두드리며 말했다.

"자자, 너무 긴장하지 말게나. 이렇게 긴장해서야 이번에 보여 주려고 하는 걸 제대로 할 수나 있겠는가?"

자신 있어 하는 무진충의 말투에 적월이 떨떠름하게 대답했다.

"문제는 없을 것 같습니다. 근데 이번에는 뭘 하면 됩니까?"

무진충이 연무장 한 곳에 거치되어 있는 검 한 자루를 뽑아 들고 그것을 적월에게 건넸다. 검을 든 적월이 말없이 무진충을 바라봤다.

무진충이 다시금 자신의 이야기를 경청하는 묵혼대 무인들을 바라보며 말했다.

"자, 이번에 보여 줄 것은 단창의 변화무쌍한 움직임이네. 다들 눈으로 몇 번이나 좇을 수 있는지 확인들 해 보게. 그럼 이번엔 나를 향해 공격해 보게나."

무진충의 요구에 적월은 간단한 기수식을 취하고는 검을 찔러 넣었다.

파팡!

무진충은 날아드는 검을 단창으로 밀어냈다. 그러고는 적월의 안으로 파고들며 단창을 이리저리 움직여 댔다.

잠시 후 손을 멈춘 그가 미소를 머금으며 물었다.

"내 단창이 몇 번이나 변화를 보였는지 보았나?"

"글쎄요. 열네 번 정도는 봤습니다."

"호오."

적월의 말에 무진충이 놀랍다는 듯이 감탄성을 쏟아 냈다.

많이 봤다고 쳐도 다섯 번 정도일 거라 생각했는데 자신의 생각보다 갑절 이상을 눈으로 좇았다.

물론 이것 또한 적월이 억지로 속이기 위해 한 말이라는 걸 안다면 지금 무진충이 이토록 여유 있는 미소를 짓지는 못했을 것이다.

무진충이 적월의 어깨를 두드리며 다른 묵혼대의 무인들을 향해 시선을 돌리며 말했다.

"제법이긴 한데 그래도 틀렸네. 내 단창은 스물세 번이나 자네를 베고 지나갔지. 아마 자네가 내 적이었다면 지금쯤 죽어 나자빠져 있을 게야."

"그렇군요."

적월은 여전히 시큰둥하게 대답했다.

그러고는 손가락으로 자신이 원래 있던 자리를 가리키며 물었다.

"이제 내려가도 됩니까?"

"그러게나. 아, 그리고 앞으로는 졸거나 하는 일은 삼갔으면 좋겠군."

"그러죠."

적월은 짧게 포권을 취해 보이고는 자신의 자리로 돌아왔다.

자리로 돌아온 적월은 별로 좋지 않은 표정을 지었다.

묵혼대 모두가 무진충의 공격을 열네 번이나 읽어 낸 적월의 무위에 대해 수군거렸지만 그것은 그에게 별 대수롭지 않은 일이었다.

뚱한 표정으로 서 있는 적월을 살피던 설화가 조심스럽게 귓가에 입을 가져다 대고 속삭였다.

"괜찮습니까?"

"아아."

적월은 일순 그런 설화의 행동에 놀랐지만 이내 평정심을 되찾았다.

그러고는 아무렇지 않다는 듯이 대꾸했다.

"조금 짜증 나긴 하지만 별로 상관없어."

잔뜩 짜증을 내야 했거늘 너무 담담하게 말하는 적월의 태도에 설화가 이상하다는 시선으로 바라봤다. 하지만 쳐다본다 해서 적월의 속내를 알 수 있는 것은 아니었다.

이상하다는 듯 적월을 바라보던 설화가 고개를 돌렸을 때였다.

이번에는 적월이 갑작스럽게 설화의 귓가로 입을 가져다 댔다. 그러고는 아주 조그마한 목소리로 속삭였다.

"저놈은 곧 죽을 거거든."

"네?"

갑작스럽게 귓가로 들려온 나른한 적월의 목소리에 깜짝 놀랐던 설화다. 하지만 그런 감정을 표현하기도 전에 흘러나온 적월의 말은 앞선 놀람을 충분히 잊게 만들 정도로 충격적이었다.

놀란 설화가 적월을 바라봤지만 이미 그는 시선을 돌려 무진충의 이야기를 듣고 있었다.

입가에 알 수 없는 미소를 머금은 채로.

＊　　　＊　　　＊

쪼르륵.

찻잔에서 연기가 모락거리며 피어오른다.

막 끓인 차에서는 특유의 맑은 향이 풍겨져 나왔다.

묵혼대 대주 추량의 거처에는 세 사람이 둘러앉아 있었다.

추량과 적월, 그리고 설화였다.

연무장에서의 교육이 끝나고 바로 해산하려는 적월과 설화를 추량이 자신의 거처로 데리고 온 것이다.

추량이 찻잔을 건네주며 적월에게 물었다.

"어떤가? 이곳 생활은 지낼 만한가?"

추량이 건네준 찻잔을 받은 적월이 짧게 감사의 인사를 전했다.

"신경 써 주신 덕분에 편안합니다."

"그나저나 아까 대단하더군. 무진충 어르신의 공격을 그 정도나 읽어 낼 줄은 몰랐다네."

"아……."

그때의 이야기는 별로 나누고 싶지 않았던 적월이기에 대충 고개를 끄덕이며 말을 넘겨받았다.

그리고 그런 적월의 심기를 누구보다 잘 아는 설화였기

에 둘 사이에 끼어들었다.

"대주님, 그런데 무슨 연유로 저희를 부르신 겁니까?"

"설 조장이 이토록 성격이 급한 줄은 근래에 들어서야 알았네. 이거 차 한잔할 여유를 안 주니."

"죄송합니다. 다만 갑자기 호출을 하시기에 궁금해서 물었습니다. 무엇인가 급히 시키실 일이 있으신 건 아닌지 해서요."

"거, 젊은 사람이 눈치는 뭐가 그리 빠른가."

설화의 말에 추량은 못 이기겠다는 듯이 웃으며 대답했다. 그러고는 뜨거운 차를 마시며 입을 열었다.

"두 사람이 해 줘야 할 일이 생겼네."

"임무입니까?"

설화가 되묻자 추량이 고개를 끄덕이며 말했다.

"사람 한 명을 이곳으로 데리고 와 줘야겠어."

第八章
요인 호위

무림맹이라 해도 용서치 않는다

묵혼대의 주 임무는 원래부터 무림맹에 소속된 중소 문파들의 지원과 호위였다.

그리고 이번에 추량이 적월과 설화에게 내린 명령 또한 묵혼대가 예전부터 해 오던 일 중 하나였으니 크게 이상할 것도 없다.

다만 적월로서는 이러한 일을 맡는 것이 무척이나 짜증스러울 수밖에 없었다.

단창묘호리 무진충 때문이다.

하루 종일 풍천과 더불어 그를 감시하고 있는 적월이다. 그런데 임무를 수행하기 위해서는 무림맹을 나가는 것이 불가피하다.

당연히 이 같은 임무를 맡는 것을 좋아할 리가 없다.

그나마 다행인 것은 이번 목적지가 그리 멀지 않다는 것이다.

하지만 그렇다 해도 왕복하면 사나흘 이상은 걸리는 길, 적월로서는 무림맹을 비워 두고 떠나는 것이 내내 마음이 불편했다.

별로 가고 싶지는 않았지만 적월이 계속해서 무림맹에 머물기 위해서는 최소한의 일을 해야만 했고, 그것이 바로 이러한 임무였다. 그나마 지금 목적지는 가까워서 다행이지 조만간 더 먼 곳까지 갔다 와야 할 임무가 떨어질지도 모른다.

그때마다 매번 거절할 수도 없는 노릇이었기에 그나마 가까운 곳으로 가는 지금 묵혼대 부조장으로서 해야 할 일을 받아들여야만 했다.

무림맹이 있는 장사에서 북서쪽으로 조금 가다 보면 망성(望城)이라는 곳이 있다. 그곳이 바로 적월과 설화의 목적이였다.

무림맹을 떠나며 적월은 하급 요마인 풍천에게 미리 언급을 해 두었다.

평상시보다 조금 더 주의를 기울이고 결코 가까이 다가

가지 말라고 말이다.

혹시나 무엇인가 일이 생기면 연락을 취하라며 적월은 거처에 전서구까지 준비시켜 놨다.

풍천이 전서구를 보내면 그것은 살문에 전달될 것이고, 그 이후에는 살문이 알아서 자신을 찾아와 연락을 취하게 되는 방식이다.

어쩔 수 없이 무림맹을 떠나긴 했지만 가는 내내 적월의 표정은 그리 좋지 않았다.

장사를 떠나 위쪽에 있는 나루터에 도착한 적월은 넓게 펼쳐진 강을 바라봤다.

망성 자체가 거리상으로는 그리 멀지 않지만 그 사이를 커다란 강이 가로막고 있다. 아래쪽으로 조금 돌아가는 것도 방법이지만 그것보다는 수로(水路)를 이용하는 게 빠르다.

동정호(洞庭湖)의 물줄기가 갈래갈래 나뉘어져 닿는 이곳은 수많은 배들이 오가는 곳이다.

적월은 간단한 봇짐을 짊어진 채로 자신이 타야 할 나룻배를 기다리고 있었다. 그리고 그런 적월의 옆에는 설화가 자리했다.

적월이 나루터에 박힌 커다란 나무 둥지에 걸터앉으며 물었다.

"대체 누굴 데리고 오라는 거야?"

"몽우(蒙雨)라는 자인데 저도 처음 들어 봅니다."

설화 또한 몽우라 불리는 자에 대한 정보는 서찰 한 장이 고작이다.

서찰에는 그에 대한 간략한 설명과 접선 날짜와 시간 정도가 적혀져 있었다.

적월은 불만스러운 목소리로 말했다.

"아니, 대체 왜 우리보고 데리러 가라는 거야? 발이 없기라도 하대?"

"잠시만요."

다소 시간이 촉박하다기에 어제 명령을 받고 바로 길을 떠난 터다.

다시금 품 안에 넣어 두었던 서찰을 꺼내어 읽은 설화가 말했다.

"누군가에게 쫓기고 있고, 무공은 미비한 수준이라고 하는군요."

"쫓겨? 누구한테 쫓긴다는데?"

"글쎄요. 그것까지는 안 적혀 있군요. 그런데 그리 위험한 건 아닌 것 같습니다. 그랬다면 어제 당장 떠나라 했겠죠."

"정보를 줄 거면 제대로 주든지, 아는 게 없군."

적월이 퉁명스럽게 말을 내뱉었다.

설화의 손에 들린 서찰을 낚아채서 내용을 살피던 중에 나루터에 적월과 설화가 기다리던 배가 들어왔다. 대략 스무 명 정도가 탈 수 있을 정도의 중간 크기의 배였다.

적월은 반 정도밖에 읽지 않은 서찰을 설화에게 건네며 자리에서 일어났다.

둘은 짐을 챙기고 나룻배에 올라탔다.

나룻배에는 각양각색의 사람들이 자리하고 있었다.

적월과 설화처럼 무인으로 보이는 자들도 있었고 어디 먼 곳을 돌아다니는 유랑객 같은 이도 있었다. 그리고 장사를 하는 상인으로 보이는 자들 또한 적지 않았다.

일각 가까이를 나루터에 정착하고 있던 배가 이내 천천히 움직이기 시작했다.

숙달된 사공의 노질에 배가 빠른 속도로 강을 가르며 나아갔다.

배의 뒷부분에 앉아 흘러가는 강을 바라보던 적월은 문득 지옥에 처음 갔던 날이 떠올랐다.

눈을 뜨자마자 조그마한 배에 실려 지옥의 강을 건너고 있었던 그때의 기억 말이다.

어찌 보면 그리 오래된 일 같지 않은데 그게 무려 이십 년 전이다.

죽었어야 할 운명, 하지만 적월은 이렇게 살아서 지상 세계를 돌아다니고 있다.

물론 다시 살려 줬다 해서 무조건 고맙다 생각하는 건 아니다. 적월 또한 아무런 대가도 없이 살아 있는 건 아니니까.

염라대왕이 새로운 목숨을 준 만큼 그가 시켰던 일에 충실하고 있다.

물론 이 일이 마교에 대한 적월의 복수와도 연관되어 있고, 중원에 숨은 강자들과 싸울 수도 있는 기회니 적월 본인에게도 손해 볼 일은 전혀 없었다.

만약 그렇지 않았다면 적월의 성격상 이렇게 열심히 명객에 대해서만 캐고 다니지는 않았을 것이다.

적월은 배에 천천히 기댔다.

차가운 강바람이 그리 나쁘지는 않다.

적월은 불어오는 강바람을 느끼며 천천히 눈을 감았다.

*   *   *

무림맹을 떠난 지 정확하게 이틀 만에 적월과 설화는 접선을 하기로 한 목적지인 망성에 도착할 수 있었다.

수로를 끼고 있는 마을답게 망성은 많은 사람들이 오가

는 길목이었다.

멀리서 온 외지인 같아 보이는 자들을 찾는 것도 그리 어렵지 않은 이곳은 많은 물품들이 거래되는 곳이기도 했다.

덕분에 사람을 상대로 하는 장사인 객잔이나 식당 같은 곳들은 어디를 가나 인산인해를 이룰 지경이었다.

배에서 내린 적월과 설화는 가장 먼저 길거리에 있는 노점상(露店商)에서 간단하게 요기를 했다. 고기와 야채를 얼기설기 꽂아 넣은 꼬치를 먹으며 적월이 주변을 살폈다.

나루터 근처인 탓인지 많은 사람들의 시끄러운 목소리가 사방에서 들려온다.

주변을 두리번거리던 적월이 다 먹은 꼬치를 내려놓으며 말했다.

"여기 생각한 것보다 제법 크네."

"장사와도 가깝고 사람들이 꽤 많이 오가는 길목이니까요."

"그나저나 그자는 언제 어디서 보기로 한 거야?"

서찰을 슬쩍 살피긴 했지만 반도 채 보지 못한 적월이다. 그 탓에 호위 임무를 맡게 된 그자를 어디서 만나는지조차 잘 몰랐다.

설화가 기억을 더듬으며 말했다.

"해가 떨어진 후에 보기로 했으니 반 시진 정도는 남은 것 같습니다. 장소는 화천루(花天樓)라는 곳입니다."

"화천루? 이름을 보아하니 기루 같은데."

"아마도요."

"하아, 쫓기는 놈이라더니 그 말이 맞긴 맞는 거야?"

쫓기는 자의 행동이라 보기에는 너무나 여유 넘치는 행로다. 그러했기에 의문이 생겼지만 무림맹에서 내려진 명령이다.

설화까지 먹던 꼬치를 다 먹자 그제야 둘은 움직이기 시작했다.

둘 모두 망성에는 처음 오는 것인지라 지리도 익히고, 미리 화천루라는 곳을 찾아 두기 위해서였다.

찾기 어려우면 어쩌나 하는 걱정은 기우에 불과했다. 둘이 마을 안쪽으로 들어선 지 얼마 되지도 않아서 화천루를 찾을 수 있었다.

화천루는 나루터와 거의 붙어 있다시피 한 망성 제일의 기루였다. 나루터가 한눈에 들어올 정도로 좋은 목에 있는 기루인 화천루는 항시 사람이 끊이지 않는 곳이었다.

휘황찬란하고 높게 솟아 있는 기루는 주변에 있는 수많은 건물 중에서 가장 눈에 띄었다.

적월이 하늘을 올려다봤다.

해가 지려면 아직도 반 시진 가까이는 시간이 남은 듯하지만…….

적월이 옆에 서 있는 설화를 툭 치며 말했다.

"가자."

"아직 시간이…….."

"시간이고 뭐고, 안에서 처자고 있어도 이상할 게 없는 놈 같은데 들어가서 확인해 보자고."

말을 마친 적월은 설화의 대답을 듣기도 전에 바로 화천루의 문을 열고 안으로 들어섰다.

안에서는 여인들의 향과 술 냄새들이 진동을 했다.

적월과 설화가 들어서자 입구 쪽에 있던 기녀가 빠르게 달라붙었다.

둘 모두 귀하게 생긴 외모 탓에 기녀의 눈동자가 빛났다. 돈은 제법 있어 보이고 세상 물정 모르는 것 같은 것이 딱 벗겨 먹기 좋은 호구들로 보였기 때문이다.

적월의 팔짱을 낀 기녀가 눈웃음을 치며 말했다.

"어머나, 처음 뵙는 공자님들이시네요."

"사람을 찾으러 왔는데."

"말만 하세요. 호북에서 알아주는 미녀들은 다 이곳에 있답니다."

"아니, 기녀들 말고…….."

적월이 말을 꺼내려는 순간 팔짱을 끼고 있던 기녀가 주변을 둘러보며 말했다.

"손님들 오셨다. 안내하지 않고 뭐 하니."

그녀의 말에 조금 어려 보이는 기녀가 다가와 설화의 팔을 잡아채려 했다. 하지만 바로 그 순간 설화가 손을 들어 가볍게 팔 사이로 끼어드는 기녀를 밀어냈다.

그러고는 냉랭한 얼굴로 입을 열었다.

"몽우라는 사람 여기 있습니까."

미인계로 다가오던 기녀들이었지만 그것은 같은 여인인 설화에게 전혀 통하지 않았다.

그리고 설화가 내뱉은 몽우라는 이름에 기녀들은 아쉬운 듯이 입맛을 다셨다.

"몽 소협의 지인들이었나 보군요. 사 층에 올라가서 물어보면 찾으실 수 있을 거예요."

이곳에 들어오자마자 처음 말을 걸었던 기녀가 그 한마디 말만 남기고 적월에게 걸었던 팔짱을 풀더니 이내 쌩하고 사라져 버렸다.

적월은 멀어져 가는 기녀의 뒷모습을 보며 피식 웃으며 말했다.

"이럴 땐 네가 나보다 낫군."

"이상한 소리는 그만하시고 우선 가죠. 위에 있는 것 같은데."

평소보다 더욱 퉁명스레 말하며 설화가 계단 위로 걸어 올라갔다. 그리고 그런 설화의 뒤를 쫓으며 적월은 고개를 절레절레 저었다.

이곳 화천루는 사 층으로 되어 있는 기루다.

그리고 당연히 가장 꼭대기 층인 사 층은 귀빈들만을 모시는 곳이기도 했다.

가장 위층에서의 하루 숙박비가 보통 집안의 한 달 생활비를 웃도니 보통 사람들로서는 구경조차 하기 힘든 곳이다.

사 층은 무척이나 화려했다.

사 층에 올라서자 아까와는 다른 분위기를 풍기는 기녀가 다가왔다.

먼저 예를 취한 기녀가 웃는 얼굴로 말했다.

"죄송합니다. 이곳은 미리 예약되신 분만 올 수 있는 곳인지라……."

"몽우라는 자와 약속을 하고 왔습니다."

"아, 그럼 잠시만 기다려 주시지요."

말을 마친 기녀가 손짓을 하자 어린 시종 하나가 모습을 드러냈다. 기녀는 자신에게 다가온 시종에게 귓속말로 무엇인가를 전했다.

그리고 말을 전해 들은 시종은 안쪽에 있는 방을 향해 쪼르르 달려갔다.

시종을 보낸 기녀가 웃음을 머금은 얼굴로 재차 말했다.

"곧 연락이 올 겁니다. 저희 기루의 절차이니 귀찮으시더라도 양해 부탁드리지요."

크게 번거로운 일도 아니었기에 적월과 설화 또한 아무렇지 않게 고개를 끄덕였다. 그리고 이내 안쪽에 있는 방에 들어갔던 시종이 모습을 드러냈다.

시종이 황급히 기녀에게 다가와 고개를 끄덕였다.

그러자 입구를 막아서고 있던 기녀가 옆으로 비켜서며 말했다.

"안으로 드시지요. 제가 안내하겠습니다."

말을 마친 그녀는 사뿐거리는 발걸음으로 앞장서서 둘을 안내했다. 안쪽으로 향하며 적월은 주변의 모습을 살폈다.

아래층과는 달리 풍기는 향기부터 고급스럽다.

역시나 귀빈들을 모시는 장소답게 꾸며진 것 하나하나가 무척이나 신경을 쓴 티가 흐른다.

잠시 화천루의 사 층을 둘러보던 적월은 이내 커다란

문 앞에 멈추어 서게 됐다.

이곳까지 두 사람을 안내해 준 기녀가 뒤로 물러나며 말했다.

"그럼 저는 이만."

말을 마친 기녀가 온 길을 거슬러 돌아갔다.

이 문 건너에 바로 그 정체불명의 몽우라는 자가 있는 것이다.

설화가 문 앞으로 다가가며 입을 열었다.

"들어갑니다."

말을 마친 설화가 문을 열었고, 안의 모습이 한눈에 들어왔다. 방 안에는 편안한 차림을 한 젊은 서생 하나가 있었다.

고생 한 번 해 보지 않은 것처럼 피부가 하얗고, 무척이나 단정해 보이는 얼굴을 한 사내였다. 그리고 얼굴에는 사람을 편안하게 해 주는 함박웃음이 걸려 있었다.

무척이나 잘생겼고 또 호남형의 사내다.

몽우가 두 사람을 향해 반갑게 입을 열었다.

"무림맹에서들 오셨습니까?"

"그렇습니다."

"원래 예정보다 일찍들 오신 듯합니다. 해가 진 이후에 보자고 전한 것 같았는데……."

몽우의 말에 여태까지 침묵을 유지하던 적월이 처음으로 입을 열었다.

"바깥에서 기다리고 있기 싫어서 들어왔습니다. 뭐, 일찍 들어오면 안 되는 이유라도 있습니까?"

"하하! 그거 참 솔직하니 마음에 드는 대답이군요. 맞습니다. 별 상관없지요."

적월의 말에 웃음을 터트렸던 몽우가 옆에 걸어 두었던 겉옷을 걸쳤다.

몽우의 미소를 닮은 듯한 하늘색 의복이 그와 무척이나 잘 어울렸다.

화사한 옷을 걸쳐 입은 몽우가 옆에 놔두었던 짐을 들며 말했다.

"그럼 간단하게 식사나 할까요?

"저희는 이미 먹었습니다."

"그래요? 저는 아직 안 먹었으니 그럼 밥 좀 먹고 출발합시다."

몽우의 말에 설화가 말도 안 된다는 듯이 말했다.

"누군가에게 쫓기신다 들었습니다. 서둘러 무림맹으로 움직이는 게 나을 것 같습니다."

"그렇긴 한데 설마 여기까지 오겠습니까. 이곳은 무림맹하고 그리 멀지도 않은데요. 더군다나 우리가 접선하기로 한 시간보다는 시간이 좀 남지 않았습니까. 늦게 온 셈 치고 식사나 하고 가죠."

"하지만……."

"어허, 의뢰자는 접니다."

몽우가 웃으며 말했다.

적월은 설화와 대화를 나누는 몽우라는 사내를 가만히 바라봤다.

나이는 적월보다 조금 많아 보이는 이십 대 중반 정도.

무공은 거의 못 한다고 들었지만 몸 주변에서는 왠지 모르게 무시하기 힘든 기운이 흐른다. 흡사 뛰어난 학자였던 아버지 적사문처럼 말이다.

아직 몽우라는 사내의 정체도 잘 모른다.

그러나 하나 분명한 것은…… 그저 그런 인물은 아닐 것 같다는 생각이 든다. 그의 몸에서 풍겨 나오는 여유로움은 왠지 모르게 강자의 느낌마저 풍긴다.

말을 마친 몽우는 짐을 든 채로 가벼운 발걸음으로 화천루의 계단을 밟고 내려섰다.

그는 화천루의 가장 아래층으로 내려가 한 곳에 자리를 잡았다.

몽우는 웃으며 주변을 두리번거렸다.

너무나 자유분방해 보이는 행동거지에 내심 맞추기 어

려웠는지 설화가 엉거주춤 자리에 앉았다.

적어도 무림맹의 손님, 함부로 대할 수가 없었다.

몽우가 갑작스럽게 지나가는 기녀를 향해 번쩍 손을 들며 외쳤다.

"화영아! 이 오라버니 이만 가야 하니 한상 거하게 차려 오너라!"

"벌써 가시려고요? 조금 더 놀다 가시지."

화영이라 불린 기녀가 몽우의 무릎에 걸터앉으며 요염한 시선을 보냈다. 그런 그녀를 향해 몽우가 짐짓 서운한 표정을 지으며 적월과 설화에게 곁눈질을 보내며 말했다.

"나도 마음 같아서야 더 있고 싶지. 다만 저 두 친구들이 나를 데리러 와서 이만 가 봐야겠구나."

"어머, 오라버니들도 같이 놀다 가시지 그래요. 셋이 이렇게 있으니 화화공자(花花公子)들이 따로 없는데!"

"그래도 이 오라비가 제일 낫지 않느냐?"

"흐음, 전 솔직히 이쪽이 가장 취향이에요."

화영이 적월을 가리키며 말하자 몽우가 괴로운 듯이 이마를 감싸며 말했다.

"허어, 여자는 잘해 줘도 소용없다더니."

서운한 척 말했지만 몽우의 얼굴 표정을 보아하니 별반 대수롭지 않게 여기는 듯했다.

잠깐 동안 몽우와 말을 섞던 화영이라는 기녀가 떠나고 이내 화려한 음식들이 앞에 있는 탁자에 쌓이기 시작했다.

몽우는 기다렸다는 듯이 음식들을 먹었다.

그리고 그런 모습을 적월과 설화는 그냥 말없이 바라만 보았다.

그것이 못내 부담스러웠는지 식사를 하던 몽우가 젓가락을 내려놓으며 말했다.

"왜들 그리 보십니까?"

"쫓기는 사람이라는 느낌이 전혀 안 드는군요."

"하하, 제가 천성이 원래 그렇습니다. 자유분방하다고들 하더군요."

웃으며 대꾸하는 몽우를 향해 적월이 다시금 말했다.

"정말 쫓기는 건 맞습니까?"

"물론입니다. 얼마 전까지 얼마나 무서웠는데요, 하하. 꽁지가 빠져라 도망가다 간신히 이렇게 무림맹분들을 만난 거 아닙니까. 아참, 근데 두 분 존함이 어찌 되십니까?"

"제 이름은 적월, 이자는 설화라고 합니다."

"오호. 제 이름은 아시겠지만 몽우라 합니다. 이렇게 비슷한 연배의 분들을 만나는 것도 쉽지 않은데…… 이것도 인연이라면 역시 인연이겠지요?"

즐겁다는 듯이 웃는 몽우를 화천루에 있는 많은 이들이 힐끔힐끔 살폈다. 그것은 그가 시끄럽기 때문은 결코 아니었다.

세 사람이 나란히 앉아 있는 탁자에 많은 이들의 이목이 쏠려 있는 것은 어찌 보면 당연했다. 남장을 한 설화까지 해서 셋 모두 너무나 뛰어난 외모들을 지녔기 때문이다.

남자에게 이골이 난 기녀들마저 설레게 할 정도의 세 사람이 한곳에 모여 있다.

다른 이들의 시선을 끄는 것은 당연했다.

다시금 음식을 먹기 시작한 몽우에게 적월이 물었다.

"누구에게 쫓겼는지 물어도 됩니까?"

"아아, 별거 아닙니다. 그냥 대머리에 험상궂게 생긴 형씨들인데 얼마나 지독하게도 쫓던지 잘못하다가는 황천 구경을 할 뻔……."

막 몽우가 말을 이어 갈 때였다.

짤랑.

거칠게 문이 열리는 소리에 적월이 뒤를 돌아봤다.

그리고 그곳에는 딱 봐도 험상궂어 보이는 사내 하나가 안으로 들이닥치고 있었다.

우락부락한 얼굴에 근육으로 뒤덮인 몸. 그리고 결정적으로 빡빡 민 머리까지…… 어디서 들어 본 듯한 외향을 한 그를 확인한 적월의 시선이 자연스레 밥을 먹고 있는 몽우에게로 향했다.

그리고 험상궂은 사내의 등장을 몽우 또한 모르지 않았다.

고기 한 점을 입에 넣고 있던 몽우가 어색하게 웃으며 입을 열었다.

"어……."

몽우와 대머리 사내의 눈이 마주쳤다.

그 순간 사내가 히죽 웃으며 소리쳤다.

"이 쥐새끼 같은 놈, 어디까지 도망쳤나 했는데 여기서 계집질이나 하고 있다니 단단히 미쳤구나!"

파앙!

대머리 사내가 이를 부득부득 갈며 검을 꺼내어 들었다.

갑작스럽게 벌어진 사건에 화천루의 기녀들과 손님들이 혼비백산하여 뛰쳐나갔다.

적월은 대머리 사내의 분노 어린 시선에 억지웃음을 짓는 몽우를 바라보며 천천히 자리에서 일어났다.

그러고는 몸을 돌려 몽우와 그 대머리 사내의 길목을

막아섰다.

얼굴만으로도 사람을 죽일 수 있을 것 같다는 착각이
일 정도로 험상궂은 외모를 한 사내가 적월을 향해 두 눈
을 부라렸다.

"네놈은 또 뭐야? 저놈하고 한패냐?"

"한패는 아니고."

상대가 누구인지는 모르겠지만 임무를 받은 상태다. 적
월은 저 몽우라는 사내를 무사히 무림맹으로 데리고 가야
할 의무가 있었다.

적월은 우선 상대의 겉모습을 살폈다.

칼조차 박히지 않을 것만 같은 단단한 육체. 하지만 그
것이 전부는 아니다.

두 눈에서 터져 나오는 기광(奇光)은 이자가 그저 그런
하수가 아니라는 걸 말해 주고 있다.

무식해 보이는 것과는 달리 제법 제대로 된 무공을 익
히고 있는 듯했다.

사내가 적월을 향해 말했다.

"미리 경고하지. 물러서지 않으면 네놈도 죽음을 면치
못할 것이다."

"나도 잘 알지도 못하는 사람 때문에 싸우고 싶지는 않
지만…… 임무라서 말이야."

"그렇다면 굳이 더 이야기를 나눌 필요는 없겠군."

쿠웅!

땅을 밟는 순간 커다란 굉음이 울려 퍼지며 사내가 도약했다.

덩치에 어울리지 않는 민첩한 움직임이었다.

적월이 옆으로 비켜서며 사내의 공격을 피했다.

피해냈다고 생각하는 순간 덩치 큰 사내의 검이 적월을 향해 급히 방향을 선회했다.

묵직한 힘이 실린 일격에 적월은 그대로 몸을 뒤로 젖혀 땅과 몸을 수평으로 만드는 철판교(鐵板橋)의 수법을 이용해 공격을 피해 냈다.

그와 동시에 적월의 왼쪽 발끝이 상대의 명치로 향하고 있었다.

"어딜!"

날아드는 적월의 공격을 알아챈 사내가 커다란 손으로 발을 밀어냈다. 바로 그 순간 적월은 밀려드는 힘의 반동을 이용해 수평으로 몸을 눕힌 채로 빠르게 회전했다.

반대편 발이 사내의 얼굴에 틀어박힌 것은 바로 그 순간이었다.

퍼억!

"억!"

외마디 비명과 함께 거구의 사내의 몸이 날아가 화천루의 탁자 위를 나뒹굴었다.

탁자 위에 있던 음식들이 마구 쏟아지며 주변을 엉망으로 만들었다.

여전히 자리에 앉은 채로 싸움을 바라보고 있던 몽우의 두 눈동자에서 슬쩍 놀라는 빛이 스몄다가 사라졌다.

'호오.'

내공이 실린 일격은 꽤 무거웠지만 상대 또한 삼류 무인은 아니었다.

"크아아!"

커다란 고함소리와 함께 탁자와 의자들 사이에 처박혔던 사내가 일어났다.

그가 화가 나 붉어진 얼굴을 한 채로 적월을 향해 득달처럼 달려들었다.

검을 놓쳐 버린 사내는 대신 솥뚜껑만 한 주먹을 휘둘렀다.

부웅!

적월의 얼굴 크기를 상회할 정도의 커다란 주먹이 단숨에 날아든다.

날아드는 사내의 주먹을 향해 적월 또한 주먹을 휘둘렀다.

그 모습은 흡사 계란으로 바위를 치는 것만 같이 무모해 보였다.

하지만…….

까앙!

흡사 쇠끼리 부딪히는 소리가 터져 나오며 대머리 사내는 전신으로 치미는 고통에 얼굴이 새빨갛게 변해 버렸다.

부들부들 떨며 사내는 휘둘렀던 오른손을 움켜쥐며 털썩 주저앉았다.

주먹과 주먹의 충돌이었지만 전신의 모든 힘이 빠져나가 버렸다. 대머리 사내는 고통을 참기 힘들었는지 게거품을 물며 웅크리고 앉았다.

적월은 상대가 움직일 힘조차 남아있지 않음을 확신했는지 아무렇지 않게 뒤돌아 걸어갔다.

가만히 적월의 싸움을 바라보던 몽우가 대단하다는 듯이 박수를 치기 시작했다.

"이야, 대단하십니다. 저 끈질긴 자를 이렇게 쉽게 제압하실 줄은 몰랐습니다."

"그보다 저자는 누굽니까?"

적월의 질문에 몽우는 대답 대신 어색한 웃음만 지어 보였다. 바로 그때 몸을 웅크리고 앉아 있던 대머리 사내가 힘겹게 입을 열었다.

"너, 너희는 큰 실수를 했다. 그놈 편에서 나를 치다니…… 곧 후회할 일이 벌어질 것이다."

말을 하며 힘겹게 고개를 들어 올린 대머리 사내가 히죽거리며 웃었다.

그 웃는 모습에 맘에 안 들었는지 적월이 성큼 다가설 때였다.

뒤편에 서서 이 모든 일을 구경만 하던 설화가 뭔가 이상한 낌새에 창 쪽으로 고개를 돌리더니 이내 천천히 입을 열었다.

"적 소협?"

"왜?"

"잠깐 이리로 와 봐요."

"이 시끄러운 놈 입 좀 막고."

"아뇨, 그보다 더 급한 일이 생긴 것 같아요."

설화의 떨떠름한 목소리에 사내를 향해 다가가던 적월이 몸을 돌려 그녀에게 다가갔다.

그러고는 왜 그러냐는 듯이 설화의 옆에 서서 말을 꺼냈다.

"무슨 일인데."

"저길 봐 봐요."

설화의 말에 적월이 고개를 돌려 그녀와 마찬가지로 창밖을 바라봤다. 그리고 창밖을 바라본 적월의 표정이 구겨졌다.

나루터 부근에 위치한 화천루였기에 이곳 망성을 관통하는 강의 모습을 확연하게 볼 수 있었다. 그리고 그 강 위에 떠 있는 수십 척의 거선들도⋯⋯.

수십 척에 달하는 거선들이 이 마을을 감싸듯이 포진하고 있었다.

그리고 무엇보다 적월의 눈을 끈 것은 그 배들의 돛에 적혀 있는 글자였다.

장강수로채(長江水路寨)

녹림십팔채(綠林十八寨)가 땅을 휘젓고 다니는 자들이라면 바다 위의 무법자라 일컬어지는 자들이 바로 장강수로채다.

그들은 배를 타고 다니며 노략질을 일삼는, 일명 수적 떼였다.

하지만 그들을 그저 일반 도적으로 치부한다면 큰 낭패를 볼 것이다. 녹림십팔채도 그러하지만 장강수로채 또한 무공을 익힌 자들이 이룬 하나의 문파에 가까운 개념이었다.

제아무리 강인한 세력을 지닌 문파라 할지라도 녹림십 팔채와 장강수로채는 무시하지 못한다. 그들에게는 그만 한 힘이 있으니까.

그런 그들의 배가 지금 이곳 망성에 있다.

과연 우연일까?

설화가 아직도 일어나지 못하고 있는 대머리 사내를 바라봤다. 저자의 행색이 배에서 내리고 있는 장강수로채의 수적들과 비슷하다는 건 단번에 알 수 있었다.

아니, 만약 완전히 다른 옷을 입고 있다 해도 바보가 아니라면 얼추 감이 올 것이다.

설화가 고개를 돌려 몽우를 바라보며 입을 열었다.

"당신을 쫓는 게 혹시…… 장강수로채였어요?"

"하하. 이거야 원 날 잡겠다고 이렇게 수십 척의 배까지 끌고 올 줄은 몰랐습니다. 생각보다 채주라는 작자가 지독한 자네요."

설화는 상황이 이렇게 됐는데도 웃고 있는 몽우를 냉랭한 표정으로 바라봤다.

대체 저 자신감과 여유가 어디서 나오는지 모르겠다.

그 때 몽우의 이야기를 듣고 있던 적월이 갑작스럽게 끼어들었다.

"말투가 조금 묘하군요. 꼭 장강수로채의 채주가 직접 오기라도 했다는 듯이 들리는데요."

"저도 그가 오지 않았으면 하는 바람이 있긴 한데…… 아쉽게도 온 것 같은데요. 저기 보이는 큰 함선이 장강수 로채 채주의 배거든요."

몽우의 말이 끝나기가 무섭게 기다렸다는 듯이 화천루 의 입구에 걸려 있던 휘장을 걷으며 누군가가 안으로 걸 어 들어왔다.

터벅터벅.

조그마한 발소리지만 그 걸음걸음에 큰 힘이 느껴지는 사내였다.

얼굴 가운데를 가르는 긴 검상은 사내의 얼굴을 한층 사납게 보이게 하기도 했지만, 반면에 남성미를 물씬 풍 기게끔 보이게도 했다.

나이는 사십 대 초반 정도, 하지만 잘 다듬어진 근육과 칼처럼 날카롭게 다듬어진 기세가 주변을 압도해 가는 느 낌이다.

그리고 그런 사내의 뒤로 세 명에 달하는 호위무사들이 뒤쫓아 들어왔다.

굳이 상대가 누구인지 듣지 않았음에도 적월과 설화는 사내의 정체에 대해 어렴풋이나마 파악할 수 있었다.

그리고 그 둘의 생각대로 이 사내가 바로 장강수로채를 이끄는 채주 광무혼(廣武魂)이다.

광무혼이 몽우를 무서운 눈으로 바라보다 이내 시선을 다른 둘에게로 돌렸다. 그러고는 찬바람이 횡횡 부는 목소리로 말했다.

"자네들은 누구지?"

"무림맹 묵혼대 이조 조장 설화라고 합니다."

"무림맹?"

무림맹이라는 말에 광무혼의 표정이 순간 흔들렸다.

쓰러져 있는 수하를 보고 화가 치솟긴 했지만 혹시나 하는 마음에 먼저 상대의 정체를 물었다. 그리고 신분을 알게 되니 한 번 화를 누른 것이 현명한 선택이었다는 걸 알게 됐다.

무림맹은 정파, 그리고 수적의 무리인 장강수로채는 사파다.

싸운다 하여 이상한 것은 없지만 굳이 긁어 부스럼을 만들 필요는 없다.

광무혼이 이해할 수 없다는 듯이 되물었다.

"무림맹이 왜 여기서 저놈을 돕는 거지?"

"이분은 무림맹의 귀빈이십니다."

"흐흐, 저런 놈이 귀빈이라고?"

광무혼이 기가 차다는 듯이 헛웃음을 흘렸다.

하지만 그것은 결코 웃기거나 해서 흘리는 웃음이 아니었다. 웃음을 흘리고 있지만 그 안에서는 더욱 진득한 살기가 넘쳐흘렀다.

당장에 몽우를 씹어 먹고 싶었지만 억지로 참는 거다.

무림맹과의 마찰이 장강수로채에 혹여나 어떠한 피해를 입힐까 싶어서 말이다.

광무혼이 이를 부득 갈면서 말했다.

"놈을 나에게 넘겨라."

"안 됩니다."

광무혼의 말에 설화가 바로 대꾸했다.

장강수로채의 주인인 광무혼과 몽우가 무슨 악연이 있는지는 모른다. 하지만 상부에서 내려진 명령이고, 이것은 무슨 일이 있어도 해내야만 한다.

더군다나 대주 추량이 특별히 중요한 일이라고 언급까지 했다. 이런 일을 실패할 수는 없다.

광무혼이 자신의 말에 거절의 의사를 표명한 설화를 향해 두 눈을 부릅떴다. 동시에 그의 몸에서 주변을 꽁꽁 얼어 붙일 정도로 지독한 살기가 터져 나갔다.

그렇지만 설화 또한 그런 광무혼의 투기에 밀리지 않았다.

설리표의 모든 무공을 이은 세상 유일한 여인. 그녀의 무공 또한 보통이 아니었으니까.

'이놈 봐라?'

곱상하게 생겨서는 아무렇지 않게 자신의 기운을 받아 넘기고 있다.

보통 놈이 아니다.

광무혼은 뿌려 대던 살기를 거두며 입을 열었다.

"무림맹도 한물 다 갔군. 저런 파렴치한 놈이나 지키고 있으니."

"그게 무슨 소립니까?"

"그건 저놈에게 직접 물어. 내가 할 말은 이것뿐이다. 놈을 오늘 자정까지 넘겨라. 만약 몽우 저놈을 넘기지 않는다면…… 설령 네놈들이 무림맹 소속의 무인이라 할지라도 결코 용서치 않을 것이다."

말을 마친 광무혼은 몸을 돌리고는 쌩하니 화천루를 나가 버렸다. 그리고 그런 그의 뒤를 지키던 호위무사들이 화천루 안에 쓰러진 대머리 사내를 들쳐 엎고는 그 뒤를 쫓았다.

경고와 함께 그들이 사라지자 설화가 몽우를 바라보며 물었다.

"저게 무슨 소리입니까? 파렴치한이라뇨?"

설화의 시선이 부담스러웠는지 몽우가 황급히 손을 저으며 대답했다.

"절대 파렴치한은 아닙니다. 장강수로채 채주의 따님이 절 따라다녔거든요. 뭐, 그래서 어찌어찌하다 보니 혼사 이야기가 나왔고, 근데 제가 자유로운 삶을 추구하다 보니…… 하하."

말끝을 흐리는 몽우를 보며 적월이 결론을 내듯이 말했다.

"한마디로 혼인을 빙자해서 장강수로채에서 얻어먹을 건 다 얻어먹다가 막상 혼사 이야기가 나오니까 도망쳤다 이거로군요. 그리고 채주는 딸을 가지고 장난친 당신을 용서하지 못해서 이렇게 쫓아온 거고."

"뭐, 꼭 얻어먹었다기보다는…… 그래도 저는 맹세코 채주의 딸에게는 손끝 하나 대지 않았습니다. 왜 저리 화를 내고 쫓아오는지 모르겠군요."

적월은 오히려 뻔뻔하게 말하는 몽우를 가만히 바라봤다.

그런 적월의 시선에 몽우가 뻘쭘한 듯이 물었다.

"왜 그러십니까?"

적월이 솔직히 대답했다.

"그냥 당신을 저 사람한테 넘겨 버리고 싶어서요."

第九章
탈출

시간이 없어

화천루 안은 조용했다.

아니, 망성이라는 마을 자체가 조용하다고 말하는 게 옳을 게다. 창밖으로 돌아다니는 사람 하나 없을 정도로 마을에는 찬 바람만 횡횡하고 불어 댔다.

모두 다 장강수로채 때문에 벌어진 일이다.

수백이 넘는 수적 떼들이 마을에 나타났다. 제아무리 담력 좋은 이라고 해도 어찌 그들 앞에서 돌아다닐 수 있겠는가.

창가에 서서 바깥을 살피던 설화가 깊은 한숨을 내쉬었다.

시간이 흐르고 있다.

이미 해가 사라진 지 꽤 오랜 시간이 지났다. 한 시진 정도 후면 장강수로채의 채주인 광무혼이 경고했던 자정이 될 것이다.

그 전에 어떻게든 결단을 내려야만 했다.

어찌 보면 죽을죄까지는 아니라고 해도 자존심을 생명으로 여기는 무인들의 세계다. 그런 세계에서 몽우는 다른 사람도 아닌 한 단체를 이끄는 수장인 광무혼의 자존심을 상하게 만들었다.

딸은 수군덕거림을 듣게 될 것이고 졸지에 광무혼 자신도 새파랗게 어린놈에게 이용만 당한 멍청이가 되어 버렸다.

화가 나는 건 당연했다.

그가 화가 나는 건 이해는 하지만 그래도 설화에게는 또 자신만의 입장이 있는 것이다.

설화가 그렇게 바깥의 동태를 살피는 동안 적월은 이미 잔뜩 짜증이 치솟은 상태였다.

이곳에 와서 시간을 낭비하는 것조차 그리 탐탁지 않았다. 그런데 웬 이상한 놈 때문에 이곳에서 또 다시금 시간을 죽이고 있지 않은가.

더군다나 나루터를 완벽하게 장악하고 있는 통에 빠져

나간다 해도 배를 타고 이동하는 건 불가능에 가깝다.

정말 마음 같아서는 당장에라도 저 몽우라는 놈을 광무혼에게 던져 주고 갈 길을 가고 싶었지만 그럴 수 없다는 사실이 적월을 더욱더 짜증나게 만들었다.

적월이 바깥을 살피고 있는 설화를 불렀다.

"잠깐만 이리로 와 봐."

설화 또한 이제 슬슬 결단을 내려야 할 때라 생각하고 있던 터라 순순히 적월을 향해 다가갔다.

적월은 설화와 마주 앉은 채로 이야기를 시작했다.

"바깥은 대충 어때?"

"물샐틈없이 치밀합니다. 요소요소마다 빠지지 않고 수하들을 배치시킨 걸 보아하니 그 채주라는 자 보통내기가 아닌 것 같습니다."

이곳에서 도망칠 수 있는 길은 두 가지다.

하나는 육로를 택하는 것이다. 하지만 이미 완벽하게 좋은 자리를 선점하고 있어 장강수로채를 피해 도망가는 게 쉽지 않다.

육로로 갈 수 없다면 역시나 수로인데…… 이 또한 쉽지 않다.

이미 장강수로채가 나루터를 점령한 탓에 배 한 척조차 모습을 보이지 않는다. 강 위에 있는 배들은 전부 장강수로채에 소속된 선박들이다.

육로와 수로, 두 군데 모두가 완벽하게 제압되어 있는 상태니 은밀하게 빠져나가는 것은 불가능하다.

어디로 가든 장강수로채와의 충돌은 피할 수 없는 기정 사실이 되어 다가오고 있었다.

두 군데 모두 장단점이 있다. 다만 상대는 수적의 무리, 아무리 생각해도 수로를 택하는 것보다는 육로로 가는 게 낫다는 판단이 들었다.

관건은 적들을 얼마나 빠르게 제압하고 탈출로로 이동 하느냐인데…….

막 상념에 잠겨 있던 적월이 고개를 치켜들었다.

누군가가 화천루로 다가오고 있음을 알아차린 것이다. 적월이 황급히 설화를 바라보며 말했다.

"아직 자정까지 시간 남은 거 아니야?"

"맞습니다. 왜요?"

"누군가 오고 있어."

말을 마친 적월은 자리에서 일어났다.

혹여나 장강수로채가 벌써부터 공격할 마음을 먹은 것 이라면 순식간에 총공세가 펼쳐질 것이다. 적월과 설화가 자리에서 일어나자 덩달아 한쪽 구석에서 쉬고 있던 몽우 도 일어섰다.

세 사람의 시선이 화천루의 입구에 고정됐다.

그리고 이내 화천루 안으로 누군가가 걸어 들어왔다.

상대를 보는 순간 적월의 표정이 변했다.

이자는 수적이 아니다.

바깥에서 흉흉한 살기를 뿜어 대는 자들과는 전혀 다른 부류의 자다.

적월이 혹시나 하는 마음으로 상대를 바라볼 때였다.

안으로 들어선 사내가 짧게 포권을 취하고는 적월에게 다가왔다.

예상대로 이자는 살문 살수였다.

갑작스러운 살문 살수의 등장에 적월의 표정이 변했다.

살문 살수가 왔다는 것은 곧 요마 풍천이 그들에게 무엇인가 연락을 취했다는 소리였기 때문이다.

그리고 그 말은 곧 무림맹에서 무슨 일인가가 벌어졌다는 말이다.

살수가 적월에게 다가와 조심히 입을 열었다.

"죄송합니다. 근방에 수적 패들이 쫙 깔려 있어서 몰래 들어오는 게 쉽지 않을 듯하여 그냥 보란 듯이 들어왔습니다. 용서하시길."

"아니, 나쁘지 않은 생각이었어. 그보다 어서 줘 봐."

몽우가 있었기에 적월은 긴 이야기를 나누지 않았다.

누군가와 이렇게 관련이 된 모습을 다른 이들에게 보이고 싶지 않았지만 지금만큼은 예외였다.

그리고 지금 이 서찰을 들고 온 살수 또한 제법 융통성이 있는지 상황의 경중을 제대로 파악하고 있었다.

적월은 살수가 전해 주는 서찰을 받아서 황급히 펼쳤다. 그리고 그 서찰 안의 내용을 읽어 가던 적월의 얼굴 표정이 급속도로 변해 갔다.

'이런 젠장!'

우려했던 일이 벌어졌다.

무림맹의 맹주와 단창묘호리 무진충이 이틀 후 함께 맹의 바깥으로 움직인다는 것이다.

둘이 함께 무림맹 바깥으로 거동을 한다는 것은 보통 일이 아니다.

하지만 지금 적월이 있는 곳은 망성이다.

무림맹의 인근까지 가는 것만 해도 최소 이틀은 걸린다.

시간이 너무나 촉박했다.

육로를 택해 움직이려던 적월의 생각이 단숨에 바뀌었다. 육로를 이용한다면 결단코 이틀 안에 장사에 도달할 수 없다.

빨라야 사 일.

그래서는 너무 늦는다.

그나마 수로를 택해야 일말의 가능성이라도 생길 게다.

적월은 결단을 내렸다.

"수로로 움직이자."

"제 생각으로는 육로가 낫다고 보이는데요."

설화는 적월이 육로를 선택할 거라 생각했다.

일반적으로 봤을 때도 그게 옳은 선택으로 보였으니까.

적월이 고개를 저었다.

"급한 일이 생겼어. 육로로 가면 너무 늦어."

"하지만 배도 없잖습니까."

"배가 없긴 왜 없어."

적월이 바깥을 바라봤다.

나루터에 정착되어 있는 장강수로채의 선박들 수십 척
이 그의 눈에 들어온다. 적월은 그 배들을 바라보며 말을
이었다.

"저기 저렇게 많은데."

나루터는 장강수로채의 선박들로 가득했다.

배들의 종류는 각양각색이었다.

채주의 것이라 말한 거선을 시작으로 해서 열댓 명가량
이 노를 저어야만 움직일 정도의 큰 배들도 있었고, 반대

로 두어 명이 저어서 움직일 정도의 조그마한 배도 있었다.

적월이 노리는 것은 개중에 가장 작은 배였다.

이쪽의 숫자는 고작 셋, 큰 배가 아무리 빠르다 한들 움직이지 못하면 무슨 소용이 있겠는가. 더군다나 저토록 큰 배가 움직이면 장강수로채 수적들에게 단번에 들통 나고야 말 것이다.

배를 탈취해서 도망치는 것도 중요했지만 그보다 더욱 중요한 것은 결코 그들에게 들켜서는 안 된다는 점이었다.

적월은 서찰을 전해 주러 왔던 살문 살수를 바라보며 말했다.

"부탁하지."

살수가 고개를 끄덕였다.

이번 작전에서 이자의 역할은 무척이나 중요했다. 살수답게 뛰어난 경공을 이용해 소란을 일으키고 잠시나마 시선을 돌리는 일을 해내야만 한다.

그리고 그 틈을 이용해 적월은 다른 두 명과 함께 배 한 대를 훔쳐서 달아난다.

이미 늦은 밤이라 강에서 조그마한 배 한 척이 사라진다 해도 당장에는 알아차리기 어렵다.

· 그만큼 해가 진 후의 강은 한 치 앞을 분간하기 어려울 정도로 어둡다.

적월은 설화와 몽우를 데리고 화천루의 뒷문 쪽으로 가서 섰다.

살수가 모두의 이목을 끄는 동안 빠르게 뒷길을 이용해 배로 다가갈 것이다. 배까지 가는 동안 맞닥트리게 될 적들은 최대한 빠르게 처리해야 한다.

짧은 비명이라도 지를 시간을 주게 되면 모든 일이 수포로 돌아간다.

뒷문과 앞문에 나눠 선 상태에서 적월이 유인책을 펼칠 살수를 향해 고개를 끄덕였다. 그리고 신호를 받는 그 순간 얼굴을 가린 그가 황급히 바깥으로 뛰어나갔다.

소란이 일었다.

'지금!'

적월은 그대로 뒷문을 열고 바깥으로 뛰쳐나갔다.

동시에 적월의 손가락이 빠르게 움직였다.

이미 뒤편 창문을 통해 장강수로채 무인들이 자리 잡고 있는 곳을 정확하게 파악해 둔 상태였다.

순식간에 다섯 개의 탄지신공이 터져 나갔다.

그리고 그것들은 정확하게 다섯 명의 마혈(麻穴)에 틀어박혔다.

상대를 혼절에 이르게 하는 마혈에 적중당한 다섯 명이 그대로 쓰러졌다.

털썩.

그들이 쓰러지며 소리가 났지만 어차피 가까이에 장강 수로채의 무인은 없다.

그나마 가까이 있던 자들은 살문 살수의 유인책에 잠시나마 쫓아간 상황. 그리고 그 틈을 놓쳐서는 안 됐다.

적월이 빠르게 앞으로 내달렸다.

적월의 시선이 배로 향하는 최단 거리와 또 그러기 위해 상대해야 할 자들을 단번에 파악해 냈다.

망설일 틈은 없었다.

적월이 날아올랐다.

동시에 그의 몸이 가장 가까이에 있던 자의 뒤로 덮치고 들어갔다.

퍽.

이곳부터는 자그마한 소리도 위험하다.

적월은 쓰러지려는 상대의 몸을 잡고 그대로 설화에게 밀었다. 설화는 쓰러지는 그자를 황급히 움켜잡았고, 동시에 적월은 다음 목표를 향해 움직이고 있었다.

몸을 수그리고 들어간 적월은 손바닥으로 상대의 턱을 올려쳤다.

빠악.

이번 상대도 비명조차 지르지 못하고 혼절해 버렸다.

눈 깜짝할 사이에 두 명을 쓰러트린 적월이 바위 뒤로 몸을 감췄다.

쓰러진 장강수로채 무인들을 바위 뒤편에 내팽개친 적월이 다시금 주변을 둘러봤다.

살문 살수의 도움 덕분에 눈에 띄게 머릿수가 줄어 있다.

하지만 그렇다고 해서 안심하기는 이른 상황.

이곳에서 나루터까지의 거리는 오 장, 그 거리를 단숨에 좁혀야 한다. 그리고 적월이 노리는 조그마한 배 쪽을 지키는 두 명도 제압해야 한다.

적월이 설화를 바라보며 전음을 날렸다.

— 내가 치고 들어간다. 너는 저놈을 데리고 서둘러 따라와. 절대 들키지 않게 움직여.

— 그러죠.

설화는 고개를 끄덕였다.

그리고 바로 그 순간 적월이 움직였다.

파악.

돌을 박찬 적월의 몸이 하늘을 향해 흡사 매처럼 솟구쳐 올랐다.

어두운 밤하늘을 가르며 적월의 몸이 떨어져 내렸다. 노리는 것은 배를 지키는 두 사내의 견정혈(肩井穴)이다.

어깨에 위치한 이곳은 점혈당하는 순간 온몸의 기력이 쭉 빠지는 혈이다. 떨어져 내리던 적월은 그대로 양발을 내리찍었다.

한 치의 오차도 없는 완벽한 공격.

두 사내가 동시에 쓰러진다.

적월은 쓰러지는 두 명의 옷깃을 움켜잡았다.

그런데 그 때 반대쪽 건물 뒤편에서 예상치 못한 자가 모습을 드러냈다. 적월과는 거리가 제법 있었는데, 그는 단번에 침입자들의 모습을 발견하고는 고함을 치기 위해 입을 벌렸다.

적월이 막 손을 뻗으려고 할 때였다.

타앙!

무엇인가가 사내의 머리통을 가격했고, 사내는 그대로 뒤편에 있는 짚더미에 쓰러졌다. 그러고는 정신을 잃은 듯이 미동도 하지 않았다.

적월은 슬쩍 고개를 돌려 설화를 바라봤다.

그녀가 빠르게 돌을 집어서 상대의 혈도를 맞혀 버린 것이다.

짐만은 되지 않겠다는 듯이 적월을 바라본 설화가 황급

히 몽우와 함께 이동하기 시작했다. 그리고 그 틈을 이용해 적월은 옷깃을 움켜잡고 있던 그 두 사내를 다른 배 위에 던져 놓고 노로 그들의 모습을 가려 버렸다.

그리고 때를 맞추어 설화와 몽우가 지적에 도착했다.

적월이 황급히 비어 있는 배에 올라타며 손짓했다. 그러자 설화와 몽우도 그 조그마한 배에 올랐다.

자리를 잡은 적월이 서둘러 몽우에게 노 하나를 내주었다.

그러자 몽우가 놀란 눈으로 자신을 가리켰다.

마치 지금 자신보고 저으라고 하는 거냐고 말하는 듯했다.

설화가 여인이라는 걸 아는 적월이었기에 본인 스스로도 모르게 나온 행동이었다. 그리고 그걸 알아차린 설화는 황급히 노를 대신해서 잡았다.

삐걱.

조그마한 소리였지만 도망치는 입장에서는 흡사 천둥이 뿜어 대는 굉음처럼 크게 들리는 기분이다.

적월과 설화가 젓기 시작한 배가 빠르게 나루터에서 멀어지기 시작했다.

한데 바로 그 때였다.

"어이, 그쪽은 어때?"

"이상 없어!"

"젠장, 그놈을 잡았을지 모르겠네."

사람들의 목소리와 발자국 소리가 들려온다.

살수를 뒤쫓던 자들 중 일부가 이곳으로 돌아오고 있었던 것이다.

적월의 시선에 멀리서 다가오는 그들의 모습이 들어온다. 이대로 가다가는 배가 어둠 속으로 사라지기도 전에 들켜 버리고 말 것이다.

그렇다면 바로 장강수로채의 수십 척의 배가 뒤를 쫓을 것이고 이런 조그마한 배로는 절대 도망칠 수 없다.

무림맹 소속의 신분으로 장강수로채와의 정면 격돌은 최대한 피하고 싶은 입장이다.

적월은 더욱 빠르게 노를 저었지만 배의 속도는 그리 나아지지 않았다.

그리고 점점 장강수로채 무인들과의 거리가 좁혀져 갔다.

'안 돼. 못 빠져나간다.'

위기일발의 순간, 적월의 머릿속에서 번개처럼 한 가지 생각이 스치고 지나갔다.

적월이 노를 젓는 와중에 갑작스럽게 손을 들어 올렸다.

붉은 기운이 손바닥 아래에 맺히는 듯하더니 이내 그것은 의지가 되어 그 힘을 발현했다.

적월이 요력을 발현시킨 것이다.

파아악.

수십 명의 사람이 물속에서 밀어 주기라도 한 것처럼 배가 갑작스럽게 더욱 깊은 강 쪽으로 밀려 나갔다. 그것은 정말로 한순간에 벌어진 일이었다.

배가 어둠 속에 모습을 감추는 바로 그 순간 나루터 쪽에 도착한 장강수로채의 무인들이 강가를 바라봤다.

그들은 아무런 표정 변화 없이 제각기 자신들의 자리로 가서 섰다.

삼 장 가까이를 갑작스럽게 밀려 나간 사실을 설화 또한 몸으로 체감하고 있었다. 그녀는 놀란 듯이 적월을 살폈다.

이런 괴이한 일을 벌인 자가 누구인지 설화는 너무나 잘 알고 있었다.

물론 이것이 어떠한 힘인지는 모르겠지만 이런 말도 안 되는 일을 벌일 수 있는 사람은 적어도 설화 그녀가 아는 한도 안에서는 적월밖에 없다.

배가 물가에서 제법 떨어지자 몽우가 신이 난다는 듯이 박수를 치며 웃었다.

"하하! 정말 재미있군요. 이렇게 박진감 넘쳐 본 게 얼마나 오랜만인지 모르겠습니다."

"누구 때문에 이런 개고생을 하는지는 좀 생각해 봤으면 좋겠군요."

"이름이 적월이라고 했던가요?"

"맞습니다. 그런데 갑자기 그건 왜 묻습니까?"

"아뇨, 갑자기 흥미가 생겨서요."

말을 마친 몽우가 빙긋 웃었다.

끼익끼익.

노 젓는 소리만이 조용한 강가를 어지럽게 울린다. 짙은 어둠 때문에 방향을 분간하는 건 쉬운 일이 아니었다.

하지만 그럼에도 적월은 정확하게 방향을 잡고 움직이고 있었다.

졸지에 배를 젓는 사공 신세가 되어 버렸지만 한시라도 빠르게 무림맹에 도착해야 하는 적월이다.

적월과 설화가 젓는 배가 강을 주욱주욱 나가고 있을 때였다. 한참을 노 젓기에 열중하던 적월이 갑자기 우두커니 손을 멈췄다.

그러자 반대편에서 열심히 노를 젓던 설화가 고개를 돌려 적월을 바라봤다.

"갑자기 왜 그럽니까?"

"이상해."

"뭐가 말입니까?"

"물줄기가 이상하단 말야. 모르겠어?"

"뭘 이야기하는지 모르겠습니다. 뭐가 이상하다는 겁니까?"

설화는 갑작스러운 적월의 행동에 이해가 안 간다는 듯이 대답했다.

그 때 적월이 갑자기 배 위에서 벌떡 일어났다.

그 모습에 뒤에서 여유 있게 앉아 있던 몽우가 화들짝 놀라는 듯했다. 적월은 자신을 이상한 눈으로 바라보는 둘을 무시하며 그대로 강물 안으로 살짝 손을 집어넣었다.

그리고 이내 적월의 추측은 확신으로 변했다.

적월이 표정을 구겼다.

"망할, 완전히 당했어."

적월의 말에 여전히 이해할 수 없다는 표정으로 노를 쥐고 있던 설화가 물었다.

"대체 무슨 말인지 모르겠습니다."

"지금 배를 보면 알 거 아냐."

적월의 그 말에 설화는 그제야 무엇인가 이상한 것을 눈치챘다. 배가 강 한가운데에 가만히 떠 있다. 그런데 어

찌해서 자신들의 배가 점점 한 방향으로 밀려난단 말인
가.

옆에서 밀려드는 물살 때문이다.

그렇다면 이렇게 강 한가운데에서 물살이 일방적으로
한쪽에서만 밀려드는 이유가 무엇일까?

특이한 지형이라면 가능할지도 모른다.

하지만 이 부근의 물길 중에 그런 특이한 지형을 지닌
곳은 없다.

바로 그 순간이었다. 커다란 기암절벽으로 가려진 뒤편
에서 어둠을 가르고 무엇인가 새카만 물체가 천천히 모습
을 드러낸다.

설화가 노를 내려놓으며 천천히 자리에서 일어났다.

어둠과 함께 밀려드는 그 커다란 물체는 흡사 괴물과도
같아 보였다.

어마어마한 위용을 뽐내는 그 물체의 정체는 다름 아닌
커다란 함선이었다.

그리고 그 함선은 다름 아닌 장강수로채 채주 광무혼의
것이었다.

설화가 다가오는 함선을 바라보며 조그맣게 말했다.

"그러게요. 완전히 당했군요."

"어쩐지 너무 쉽다 했어."

예상보다 망성을 탈출하는 게 쉽다는 사실이 못내 마음에 걸렸었다. 다만 그만큼 살문 살수가 완벽하게 일을 해낸 모양이라고 스스로의 불안한 감정을 다독였다.

하지만 아니었다.

애초부터 이곳에 자리 잡고 있는 장강수로채 채주의 배를 보는 순간 자신들이 그의 손바닥 안에서 놀아났다는 사실을 알아 버렸다.

지척까지 다가온 함선이 천천히 멈춰 섰다.

하지만 그러면서 밀려오는 물살만으로도 적월 일행이 탄 배는 뒤집힐 뻔했다.

"으억!"

몽우가 강에 빠질 뻔하다가 황급히 뱃머리를 움켜잡았다.

안도의 한숨을 내쉬는 몽우의 머리 위쪽에서 익숙한 목소리가 흘러 나왔다.

"과연 파렴치한 놈답게 하는 짓도 비겁하기 그지없구나. 네놈의 속셈을 모를 줄 알았더냐."

말과 함께 함선의 난간에 채주 광무혼이 천천히 모습을 드러냈다.

강바람에 장포 자락을 펄럭이며 서 있는 그의 입에는 득의양양한 미소가 걸려 있었다.

이 모든 것을 사전에 파악해 낸 자신의 행동이 만족스럽다는 듯이 말이다.

광무혼은 적월 일행을 내려다보며 입을 열었다.

"내 특별히 기회를 주었건만…… 아무래도 좋게 이야기가 통할 상대는 아닌 모양이군."

애초부터 이들이 몽우를 쉽게 넘길 것이라 생각하지는 않았다.

굳이 확인하지 않아도 도망칠 것은 자명한 사실이었다. 그랬기에 광무혼은 이들이 어찌 움직일지 생각해 봤다.

땅으로 가든 강으로 가든 결국 이들은 무림맹으로 향할 것이다. 그렇다면 막아야 할 곳은 뻔하다.

그랬기에 두 곳을 틀어막았고 운이 좋게도 광무혼 자신이 있는 수로를 선택하고 이곳으로 왔다. 흡사 하늘이 저 파렴치한 놈에게 벌이라도 내리라는 듯이 말이다.

아래를 내려다보던 광무혼이 차가운 목소리로 말했다.

"이것은 너희들의 선택이었으니 나를 원망치 말거라."

이곳은 사람이 오갈 수 없는 강의 한가운데다. 이곳에서 죽는다면 시체는커녕 증거조차 찾지 못한다.

광무혼이 손을 치켜들었다가 내리는 바로 그 순간, 멈추었던 거선이 다시금 움직였다. 그리고 그 거선이 향하는 곳은 바로 적월 일행이 타고 있는 조그마한 나룻배였다.

밀려오는 커다란 거선과 물을 보며 적월이 위를 쳐다봤다.

가능하면 피하고 싶었다.

하지만 상황이 이렇게 된 이상 장강수로채와의 충돌은 피할 수 없는 것으로 보였다.

적월이 광무혼을 올려다보며 마음의 결단을 내리는 그 순간이었다.

"으억!"

놀란 몽우가 달려드는 거선을 멍하니 바라보고 있다. 설화가 황급히 노를 잡고 어떻게든 배를 움직여 보려 했지만 적월이 가만히 손을 들며 말했다.

"이미 늦었어."

"하지만……!"

지금 이 상태로 저 거선에 깔린다면 배는 당장에 침몰하고 자신들은 강으로 빠져 버리고 만다. 그냥 배만 부숴 버리고 간다면 솔직히 문제도 아니다. 헤엄쳐서 강 바깥으로 가면 그만이니까. 하지만 수상전에 능한 수적들이 헤엄쳐서 도망치려는 자신들을 그냥 놓아줄 리가 있겠는가.

화살이 날아들 테고 생각지도 못한 방법으로 물속으로

도망치는 자신들을 옥죄어 올 것이다.

적월이 설화를 힐끔 바라봤다.

그리고는 이내 팔을 들어 그녀의 허리를 감싸 안았다.

갑작스러운 행동에 설화가 놀라 황급히 입을 열었다.

"자, 잠깐만요. 이게 무슨……."

"입 다물어, 혀 깨문다."

말을 마친 적월은 다른 쪽 손으로 몽우의 바지춤을 잡아챘다. 그리고 밀려오는 거선이 자신들이 탄 나룻배를 덮치는 것과 동시에 움직였다.

동시에 거선에 빨려 들어 간 나룻배가 박살 나며 파편이 사방으로 튕겨져 나간다.

나룻배에서 뛰어내린 적월의 발끝이 강물 위에 닿았다.

첨벙.

물방울 몇 개가 사방으로 튕겨져 나간다.

하지만 그뿐이다.

화아악!

적월의 발이 수면을 밟으며 흡사 잉어처럼 튕겨져 올랐다. 두 사람을 든 채로 적월이 강물 위를 걷고 있었다.

적월은 그대로 물 위를 몇 발자국 내밟더니 이내 허공으로 솟구쳐 올랐다.

물 위를 걷는다 하여 붙여진 수상비, 그리고 그 상태에서 허공으로 올라서는 그 수법은 일명 경공의 최고 단계라 일컬어지는 허공답보(虛空踏步)였다.

허공으로 날아오른 적월이 향한 곳은 다름 아닌 거선의 갑판이었다.

갑판 위에 내려선 적월은 양손에 들려 있는 두 사람을 그대로 내려놨다.

쾅!

"아야!"

바지춤을 잡힌 탓에 대롱대롱 매달려 있던 몽우가 바닥으로 떨어지며 짧은 비명을 토해 냈다.

엉덩이가 아팠는지 그가 급히 엉덩이를 비벼 대고 있을 때였다.

배 앞쪽에 있던 광무혼의 표정이 잔뜩 굳어 있다.

그도 그럴 것이 눈으로 보고서도 믿을 수 없는 광경을 봐 버렸기 때문이다.

수상비를 펼쳤다.

그것만 해도 이미 광무혼은 까무러칠 듯이 놀랐다.

저토록 어린 사내가 어찌 저같이 고강한 경공을 자유자재로 구사한단 말인가.

한데 문제는 그게 아니었다.

수상비라면 절정의 반열에 오른 광무혼 또한 펼쳐 낼

수 있는 경공이다. 어린 나이의 무인이라 할지라도 정말 재능이 있다면 종종 이같이 펼치는 자가 존재할 수도 있다고 생각한다.

하지만 문제는 그 이후…….

놈은 마치 빈 공간에서 계단이 있는 것처럼 박차고 올라왔다.

그것이 무엇인가? 최고의 경공이라 일컬어지는 허공답보가 아니던가.

비단 놀란 것은 광무혼뿐만이 아니다.

설화 또한 적월의 그 움직임에 깜짝 놀라 버렸다.

수상비는 일전에 적월과의 싸움에서 설화 또한 펼친 적이 있다. 하지만 적월은 사람 두 명을 짊어지고 펼쳤고, 이내 허공답보를 해냈다.

'도대체 모르겠어. 저 사람이 어떤 사람인지…….'

세상에서 적월에 대해 그나마 가장 잘 아는 사람은 자신일 거라 생각했다. 하지만 알아 가면 알아 갈수록 설화는 적월에 대해 아무것도 모르고 있다는 걸 절절히 느껴야만 했다.

예전의 적월은 요괴들을 수족처럼 부리는 자였지만 무공을 펼치지는 못했다. 하지만 이 년 만에 만난 그는 완전히 다른 사람이었다.

고강한 무공도 아무렇지 않게 구사하더니 이제는 허공답보까지 펼쳐 댄다.

대체 이 사내의 본모습은 무엇일까?

혼란을 일게 할 정도로 고강한 무공을 선보인 당사자인 적월은 오히려 무관심한 얼굴이었다. 그는 함선 위에 있는 장강수로채의 수적들을 바라봤다.

눈에 보이는 숫자만 얼추 오십.

노를 젓거나 아래쪽에 있는 자들까지 온다면 아마 팔십은 훌쩍 넘을 것이다.

무심히 그들을 바라보고 있지만 실제로 적월은 짜증이 머리끝까지 치민 상태였다.

무림맹에 잠입한 이유가 무엇인가.

그곳에 있는 명객들의 뿌리를 뽑아 버리기 위함이다. 그랬기에 묵혼대에 들어가고 지금 같은 귀찮은 임무도 수행하기 위해 노력했다.

그리고 마침내 적월이 그토록 기다렸던 때가 왔다.

무림맹주와 단창묘호리 무진충이 함께 맹 바깥으로 나간다.

가장 의심스러운 무림맹주와 명객이 확실한 무진충의 일정, 결코 놓칠 수 없다.

그런데 지금 이 장강수로채 놈들이 자신을 막아서고 있

다. 한시가 급한 시점에 이런 놈들이 연신 적월 자신의 발목을 붙잡는다.

고작 이런 놈들이 계속해서 자신의 계획을 방해한다 생각하니 참던 화가 폭발할 지경에 이르렀다.

적월의 몸 안에 눌려져 있던 마기가 꿈틀거린다.

짜증이 폭발한 적월의 말투는 마교 교주 용무련이었을 때로 돌아가 있었다.

"마지막으로 경고하지. 한 번만 더 내 앞을 가로막으면 다 죽여 버린다."

말을 하며 힐끗 시선을 올리는 적월의 몸에서 차가운 한기가 밀려 나갔다. 너무나 지독한 한기는 흡사 강물마저 얼려 버릴 것만 같았다.

적월의 기운에 자신도 모르게 얼어붙었던 광무혼은 이내 주먹을 움켜쥐었다.

얼굴 가운데를 가르는 날카로운 검상이 분노로 인해 꿈틀거린다.

겨우 저런 놈에게 겁을 집어먹는다는 걸 결단코 용납할 수가 없었다. 장강수로채의 채주로서 그것은 있어선 안 되는 일이었다.

적어도 자신은 수천의 수적들을 이끄는 장강수로채의 채주 광무혼이었으니까.

광무혼이 도를 꺼내어 들었다.

스르릉.

"건방진 놈, 지금 뭐라고 한 거냐."

"결국 뒈지시겠다?"

적월 또한 더는 시간을 끌고 싶은 생각은 없었는지 요
란도를 꺼냈다.

파앙!

쇳소리가 음산하게 퍼져 나간다.

요란도를 든 적월의 얼굴에는 아무런 감정도 떠올라 있
지 않았다.

희로애락(喜怒哀樂), 그 어떠한 감정의 조각조차 보이
지 않는다. 지독할 정도의 무신경함, 이것이 어찌 보면 적
월 본연의 모습일지도 모르겠다.

적월과 마주 서 있던 광무혼은 도를 쥔 손에 더욱 힘을
불어 넣었다.

상대는 약관의 나이밖에 되지 않은 어린 사내다.

하지만 나이만으로 판단할 상대가 아니다. 놈은 허공답
보를 구사하는 괴물 같은 놈이다.

적월의 주변으로 장강수로채의 무인들 또한 무기를 꺼
내어 들고 접근하고 있었다.

그들은 일대일의 싸움만을 추구하지 않는다. 배 위에서

의 싸움은 자신 있는 그들이다.

적월은 그대로 양옆을 향해 주먹을 휘둘렀다.

콰앙!

휘몰아친 바람이 순식간에 양옆으로 다가오던 자들을 날려 버렸다. 동시에 배의 양옆 손잡이도 박살 났다.

풍덩.

단 일격에 다섯 명이 넘는 자들이 강으로 빠져 버렸다. 적월은 여전히 무표정한 얼굴로 광무혼을 향해 다가갔다.

광무혼이 도를 앞으로 내뻗으며 명을 내렸다.

"쳐라!"

"비켜."

적월은 그대로 바닥을 발로 밟았다. 그러자 배의 윗부분을 이루고 있던 나무들이 뜯겨져 나갔다. 적월은 그대로 그것들을 발로 차서 다가오는 자들을 밀어냈다.

"억!"

순식간에 또 서너 명이 배에서 떨어져 버렸다.

너무나 간단한 움직임이지만 그것만으로도 상대를 아예 전장 바깥으로 밀어내 버리고 있다.

보통 공격이 아니다. 일격 일격에 적지 않은 내력이 담겨져 있다.

장강수로채와의 충돌이 시작되자 설화 또한 움직였다.

그녀는 뒤편에서 다가오는 적들이 적월에게 가지 못하도록 견제하기 시작했다.

두 명이 순식간에 갑판 위를 장악하려 들자 광무혼이 움직였다.

높게 뛰어오른 그가 적월을 향해 거칠게 도를 움직였다.

파라락!

적월은 날아드는 도를 피해 내며 그대로 손을 휘둘렀다. 그렇지만 광무혼 또한 그리 호락호락한 상대는 아니었다.

장강수로채의 채주는 그냥 된 것이 아니다.

적월의 공격을 손바닥으로 막아 낸 광무혼은 발로 배의 선상을 가볍게 두드렸다.

어찌 보면 가볍게 몸을 푸는 행동으로 보일지도 모르겠지만 그것이 전부는 아니다.

그리고 싸움이 다시 시작되는 바로 그 순간 배가 크게 기울어졌다.

막 달려들던 적월의 균형이 무너졌다. 갑작스럽게 배가 기우뚱하니 움직인 탓이다. 그것은 결코 우연히 벌어진 일이 아니었다.

광무혼의 가벼운 신호에 따라 노를 젓는 자들과 돛을

조정하는 자들이 배를 조금씩 상황에 맞춰 다르게 움직이고 있다.

덕분에 배가 심하게 흔들렸고 적월 또한 그 탓에 조금이나마 자세가 흐트러졌다.

'지금이다!'

애초에 이 배가 어떻게 움직일 것인지 정확하게 파악하고 있는 광무혼이다.

바람의 방향은 북풍, 애초부터 적월의 몸이 어찌 될지 너무나 잘 알았다. 아래로 슬쩍 미끄러져 내린 적월이 도달한 장소에는 이미 먼저 움직인 광무혼의 일장이 기다리고 있었다.

퍼엉!

고수들의 싸움에서 한 수 앞을 내다볼 수 있는 것은 어마어마한 일이다.

적월 또한 이번 공격을 막아 내는 건 그리 쉬운 일이 아니었다.

양손을 교차해 장법을 받아 낸 적월은 그대로 상대를 밀어냈다. 하지만 그때를 맞춰 배가 이번엔 반대로 흔들렸다.

적월의 몸이 다시 한 번 출렁였다.

그 순간 광무혼의 눈에 넘어질 듯이 앞으로 몸을 굽힌

적월의 등이 한눈에 들어왔다.

광무혼의 두 눈이 빛났다.

이것은 절호의 기회였다.

거리가 지척, 이 거리라면 도보다는 손이 빠르다.

쒜엑!

손이 날아들었다. 그리고 그 손은 당장이라도 무방비한 적월의 등판에 틀어박힐 것만 같았다.

하지만 그것은 함정이었다.

적월의 발이 배의 바닥을 강하게 내리눌렀다.

파앙!

나무가 부서지며 튕겨져 오른다. 덕분에 이번에 균형이 무너진 것은 광무혼이었다. 발이 나무가 부서지며 생긴 틈으로 빠져 들어가는 순간 적월의 공격이 터져 나왔다.

'이런!'

광무혼은 황급히 몸을 더 낮췄고 아슬아슬하게 요란도가 머리를 스치고 지나갔다. 조금만 늦었다면 목이 떨어져 나갔을지도 모르는 아찔한 상황이었다.

바로 그 때 옆쪽에 있던 장강수로채의 무인들이 준비해 뒀던 공격을 펼쳤다. 그물들이 하늘을 덮듯이 적월에게 날아들었다.

그뿐만이 아니다.

사방에서 쇠사슬들이 적월을 향해 쏘아졌다.

쇠사슬은 팔과 다리를 완벽하게 잡아챘고 그물은 적월의 몸을 아예 뒤덮어 버렸다.

이 그물은 물고기를 잡는 그러한 것이 아니다.

특수제작된 것으로 한번 상대를 잡아채면 쉬이 풀리지 않는다.

파앙!

양쪽에서 쇠사슬을 잡고 있는 자들이 강하게 잡아당겼다. 적월의 몸이 대(大)자 형태로 벌어졌다.

완벽하게 제압된 상대. 광무혼은 끝이라 생각했다.

하지만 그것은 착각이었다.

적월이 손목을 안쪽으로 돌리더니 이내 무형의 기운을 폭발시켰다.

적월의 몸을 제압하고 있던 쇠사슬이 그대로 깨져 나갔다. 그리고 동시에 쏟아져 나온 뜨거운 열기는 특수제작된 그물마저 녹여 버리고야 말았다.

쇠사슬을 잡아당기고 있던 자들은 그것이 깨져 나가자 반탄력으로 인해 뒤로 나자빠졌다.

적월이 그들에게 일격을 가하기 위해 손을 치켜들었다.

한데 그 때 누군가가 떨리는 목소리로 소리쳤다.

"머, 멈춰라!"

적월은 시선을 돌려 목소리가 터져 나온 곳을 바라봤다. 그곳에는 두 명의 장강수로채 무인들이 몽우의 목에 칼을 들이대고 있었다.

몽우는 적월과 눈이 마주치자 웃으면서 말했다.

"하하, 구석에서 조용히 구경만 하고 있었는데 이리 잡혀 버렸습니다."

"하아, 웃음이 나오냐?"

칼이 목에 닿아 있는데도 웃는 그를 보며 적월은 깊은 한숨을 내쉬었다.

아까까지는 존대를 하던 적월이 갑작스레 반말을 내뱉었지만 몽우는 그것이 오히려 맘에 든다는 듯이 말했다.

"반말하시는데 저도 반말해도 됩니까? 어차피 동년배 아닙니까."

"시, 시끄러워! 지금 네놈 상황이 안 보여? 더 떠들면 확 죽여 버리겠다, 이놈!"

이런 상황에서도 쓸데없는 말을 주고받는 둘을 보며 몽우를 인질로 잡은 자가 버럭 소리쳤다. 하지만 몽우는 여전히 싱글싱글 웃으며 적월을 바라보고 있었다.

적월은 그런 그를 향해 귀찮다는 듯이 손을 휘휘 저으며 대답했다.

"맘대로 해."

"좋아, 그럼 이제부터 친구처럼 지내자고."

"이놈이 끝까지……!"

목에 칼을 들이대고 있던 장강수로채 무인 하나가 손에 힘을 주었을 때였다.

퍼억!

얌전히 앉아있던 몽우가 양손을 뻗으며 동시에 두 사내의 가슴을 후려쳤다. 양쪽에서 그를 제압하고 있던 장강수로채 무인들의 몸이 허공으로 일 장 가까이 떠올랐다 떨어졌다.

쿠웅.

갑작스럽게 돌변한 몽우의 모습에 모두가 깜짝 놀랐다.

장강수로채에서도 오랜 시간 머문 탓에 모두가 몽우에 대해 잘 알고 있다.

무공 실력은 간신히 삼류 정도나 될까 말까 한 수준의 사내가 바로 그였다. 한데 지금의 그 일격은 결코 그 정도의 인물이 펼쳐 낼 일격이 아니었다.

적월이 두 명을 일격에 제압하고 자리에서 일어나는 몽우를 향해 의외라는 듯이 말했다.

"뭐야? 무공 수준이 형편없다고 들었는데……."

적월의 말에 몽우가 여전히 싱글거리며 입을 열었다.

"원래 백면서생이 뭔가 하나쯤 숨겨 둔다면 더 매력적

이니까."

적월은 몽우의 발밑에 쓰러져 있는 두 명의 장강수로채 무인들을 바라봤다. 그들은 정신을 아예 잃었고 가슴에는 새하얀 흔적이 남아 있었다.

보통 무공이 아니다.

적월이 이상하다는 듯이 입을 열었다.

"보아하니 꽤 오랫동안 숨겨 왔던 모양인데 왜 갑자기 지금 그 비밀을 깰 생각이 들었는지 모르겠군."

"맞아, 사실 아까까지만 해도 글만 아는 백면서생처럼 보이려 했지. 근데 나루터에서 마음이 바뀌었어."

"나루터?"

"응."

몽우가 입가에 싱글거리는 미소를 단 채로 말을 이었다.

"내가 명객이거든. 반갑다, 지옥왕."

〈다음 권에 계속〉